湾顶明珠

广州开发区四十年发展纪事

盛慧 著

SPM 南方传媒 | 花城出版社

中国·广州

图书在版编目（CIP）数据

湾顶明珠：广州开发区四十年发展纪事 / 盛慧著.
广州：花城出版社, 2025. 6. -- ISBN 978-7-5749-0553-5

Ⅰ. I25

中国国家版本馆CIP数据核字第20251B8E73号

湾顶明珠——广州开发区四十年发展纪事
WAN DING MINGZHU——GUANGZHOU KAIFAQU SISHI NIAN FAZHAN JISHI
盛 慧／著

出 版 人：	张　懿
责任编辑：	李　谓　安　然
责任校对：	衣　然
技术编辑：	凌春梅
封面设计：	张年乔
出版发行	花城出版社
经　　销	全国新华书店
印　　刷	佛山市浩文彩色印刷有限公司
开　　本	880毫米×1230毫米　32开
印　　张	8.25　1插页
字　　数	190,000字
版　　次	2025年6月第1版　2025年6月第1次印刷
定　　价	58.00元

版权所有·侵权必究。如发现印装质量问题，请与出版社联系。
联系电话：020-37604658　37602954

目录

第一章 开发区大有希望 001
1. 争回来的宝地 002
2. 草鞋无样　边打边像 012
3. 好风借力　直上青云 021
4. 湾顶明珠　熠熠生辉 032

第二章 你努力的样子，让企业很感动 044
1. 要饮就饮"头啖汤" 048
2. 为有源头活水来 054
3. 开发区真的"不一样" 062
4. 政策是根神奇的指挥棒 069
5. 企业筹建　与时间赛跑 081
6. 打造"全球知识产权高地" 094
7. 金融要下及时雨 101

第三章　从"工业大区"迈向"工业强区"　110

1. 三城一岛　握指成拳　113
2. 产业生态　六链融合　120
3. 产业布局　四梁八柱　126

第四章　用创新绘制"微笑曲线"　143

1. 勇闯科研无人区　145
2. 全链条创新生态体系　166
3. 中小企业也能办大事　177

第五章　离成功最近的地方　186

1. 人才是第一资源　188
2. 以"最优生态"服务"最强大脑"　199
3. 心有多大，舞台就有多大　208

第六章　要生产，也要生活　216

1. 城市有智慧　生活更舒心　218
2. 会呼吸的城市　226
3. 天地之大　黎元为本　240
4. 擘画宏伟蓝图　249

第一章

开发区大有希望

冬日的岭南,阳光依旧明媚。一个风和日暖的午后,我走进了一座美丽的新城。新城坐落在两个山谷之间,山势舒展,草木华滋,如柔和舒缓的轻音乐。抬眼望去,道路两旁,绿意盎然,这绿色不仅给眼睛带来阵阵清爽的凉意,也让心情变得柔软、松弛,三角梅、异木棉点缀其间,分外娇艳。

一座座现代的建筑,高低错落、疏朗有致、低调谦逊,与山共鸣、与水共生。九龙湖与凤凰湖,清澈见底,湖水倒映着天光,像清亮的眼波,尤其是九龙湖的中央,有一座碧玉般的可爱小岛,那是白鹭的家。它们在浅滩上散步,神情悠然……这是一个让人安静的地方,空气像矿泉水一样纯净,有风拂过,吸一口,感觉风都是甜的。

这一派好山好水,让我产生了一种错觉,以为这里不是一个聚集顶尖科技的高新技术开发区,而是一个风景宜人的度假区。

我心生留恋，驻足良久，舍不得离开。

以山河为邻，以草木为友，我由衷地感叹，在这里工作和生活，真是一件无比惬意、无比幸福的事情。

这座美丽的新城叫中新广州知识城，是广州开发区北部的高端产业发展城，作为开发区的代表作，向我们展示了中国式现代化新城的生动样本。

所有的河流都有源头。

所有的故事都有开端。

追根溯源，广州开发区从一片蕉林蔗地变成粤港澳大湾区"湾顶明珠"的神奇故事，要从四十年前开始说起。

1. 争回来的宝地

1984年，我国改革开放进入第六个年头，神州大地，春潮涌动，经济特区更是生机勃发，一派繁荣兴旺景象。

是年1月，改革开放总设计师邓小平亲临深圳、珠海、汕头、厦门特区等地视察。他还为深圳、珠海两个经济特区欣然题词，分别是："深圳的发展和经验证明，我们建立经济特区的政策是正确的。""珠海经济特区好。"回到北京后，他明确提出："我们建立经济特区，实行开放政策，有个指导思想要明确，就是不是收，而是放。""除现在的特区之外，可以考虑再开放几个港口城市……这些地方不叫特区，但可以实行特区的某些政策。"

思想是闪电,行动是雷鸣,在进一步深化改革开放的历史背景下,被寄予重望的开发区应运而生了。

弹指一挥,四十年过去了,翻开泛黄的资料,我有两个意外的发现。

第一个发现是,广州开发区竟是一块争回来的宝地。

最初,中央考虑到广东已经有深圳、珠海和汕头三个特区,并没有考虑在广州办开发区。广州市的主要领导得知后,心急如焚,他们担心错失发展的良机,以最快的速度给中央高层起草了一份报告。

据当时的一位老领导回忆:

当时我们得到消息,中央在研究这个问题的时候,最初没有考虑广州。市主要领导很焦急,说不把广州考虑进去,我们很难理解。他说一定要想办法争取,否则,不好向广州人民交代。后来,市主要领导找到我,那时候我在市委研究室,他要我找几个人,赶快代市委向中央草拟一个电报,要明确我们的理由,意思要表达得恳切、尖锐一点,要有非争取到办开发区不可的劲头。

后来我找了市委研究室综合处处长,我说,咱们研究一下这件事,代市委向中央起草一个电报,说明广州作为港口城市的论据。从古至今,广州是对外开放最早的地方,是个通商口岸,电报还要提出广州办开发区的优势在哪里,文字要非常精练,道理要讲透。

起草完毕之后,我们将电报初稿给市主要领导审阅,(领导）看完之后略加修改就上报了。

这份报告是这样写的：

小平同志关于沿海城市要更加开放，采取某些特殊政策，以迅速推动经济发展的指示，给我们以极大鼓舞。最近中央召开沿海城市工作会议，专门讨论城市工作问题。广州是华南最大的沿海港口城市。但未能参加中央召开的会议，我们迫切要求中央能重视发挥广州这个沿海港口城市的作用，给广州以必要的特殊政策，使广州的经济能够得到迅速的发展……自1980年中央对广州实行"特殊政策，灵活措施"以来，在省委的直接领导下，广州的国民经济和各项工作有了较大的发展，但其发展速度以及所做贡献与广州所处地位是很不相称的……这在很大程度上受现行体制的束缚。

广东省虽然有特殊政策和灵活措施，也只限于在深圳、珠海有效，广州与其他内地城市一样，没有多大的特殊性和灵活余地……为此，我们要求中央能体察广州的实际困难，把广州作为沿海重要港口城市，给予特区的某些政策，在引进外资、发展独资经营、合作经营、合资经营方面给广州更大一点的审批权，在关税、工商税以及资方纳税所得纯利汇出方面，给予优惠政策，使广州发展得更快，为国家做出更大的贡献。

这份言简意丰、有理有据、情真意切的报告，代表着数百万广州人的殷切期盼，最终让广州开发区顺利获得了"出生证"，成为首批国家级开发区之一，搭上了中国开发区建设的"首班车"。

1984年5月4日,中共中央、国务院批转《沿海部分城市座谈会纪要》,决定进一步开放大连、秦皇岛、天津、烟台、青岛、连云港、南通、上海、宁波、温州、福州、广州、湛江和北海14个沿海港口城市,并提出逐步兴办经济技术开发区。

我的另一个意外发现是广州开发区的选址最初有三个方案:第一个是番禺大石那一带,现在的广州大学城一带。当时因为番禺是水网地带,无桥无路,短期内交通没办法解决就放弃了。第二个是现在的珠江新城往东到员村片区。珠江新城到员村一片本来也很好,但也放弃了,原因有二:一是离市区太近;二是员村工业区的企业多数是"大跃进"时期建设的,污染大,改造老企业和公共设施困难极大。第三个就是在黄埔区的东部,就是后来开发区西区这一带。大家都觉得这个地方好,原因有三:一是这里有一个黄埔新港码头,便于对外交通运输;二是离广州城区不近不远,距离适当;三是人烟比较稀少,人口迁移的任务相对较轻。

即使是第三个方案,对于开发区的具体面积,也有不同的意见,第一个是58平方公里,第二个是33平方公里,最后一个只有9.6平方公里。

1984年6月8日,广州开发区历史迎来了一个重要时刻,谷牧副总理在中共广东省委第一书记任仲夷等领导的陪同下来到横滘河桥上现场办公,他们顶着炙热的阳光,将地图直接摊在地上,研究广州开发区的选址。开发区最终确定的规划范围,北面以横滘河为界,南至珠江和东江的交汇处,包括珠江中的大蚝沙岛,面积9.6平方公里。说来也巧，这个面积，大约是我国陆地总面积的百万分之一。

这一片临江望海的三角形土地，位于珠江与东江汇合处，是一片低洼的蕉林地。在后来的日子里，这里被称为"金三角"，而在当时却是人迹罕至，是一个走错了路也不会走到的地方。为什么来这里呢？这里除了甘蔗，就是香蕉，远远望去，是一片绿油油的农田。更特殊的是，这还是一块经常"隐身"的土地。家住玉树村的温燕娇清楚地记得，1984年，19岁的她刚好嫁到了开发区，那时这里还是一大片农田，人少地多，一下大雨就会被水淹没。

多年以后，我一次次凝视地图，浮想联翩。我越是研究越是觉得，开发区当初的选址实在太有远见卓识了。对于广州城里人来说，它确实是偏僻的，是名副其实的"西伯利亚"。但从发展的角度来看，它的地理位置极为优越，离广州市中心32公里，南与番禺莲花山隔江相望，西与五山、石牌高教科技区相邻，东南毗邻港澳，水路直达香港为88海里。这里地势平坦、开阔，有大片土地可供开发利用，水陆交通便利，拥有铁路、公路、海运、空运等多种交通条件。黄埔发电厂就在附近，东邻东江新塘水厂，可提供充足的生活、生产用水，南端的黄埔港及其新港是我国重要的出口港之一。

百舸争流，奋楫者先。喜欢扒龙舟的广东人，历来信奉一句俗语："扒得快，好世界；扒得慢，等食饭。"当时，全国各个开发区都在暗中较劲，各地已经开始摩拳擦掌，奋勇争先了。广州开发区的开拓者们当然不甘人后,他们发扬赛龙夺锦的精神,力争旗开得胜,拔得头筹。

招商引资,首先要搞好建设用地。最先开发的西区地势较低,抬高地面是当务之急,按照计划,西区将平均填高3米。最初的开拓者们想到了吹沙填土的好方法。所谓吹沙填土,就是挖沙船的泵将珠江江底的沙水一起吹上岸来,江水流出圈外,沙就留在圈内。所以,当时的西区,就是一片大沙滩,一走一个深深的脚印。

建设初期,西区是个热火朝天的大工地,几百台机器日夜轰鸣,工人们挥汗如雨。由于地块淤泥深达15~18米,为了抢进度,许多工程材料都是手抬肩扛送到工地;企业大部分员工住在简陋的工棚,热水供应都无法保障;道路泥泞狭窄,员工上下班常常要颠簸两三个小时……

为了抢占先机,开发区一边夜以继日地筑巢,一边迫不及待地开始引凤了。1984年9月,开发区在香港举办首次招商会,招商会的主题是"洽谈、交友、调查、做生意"。对招商团的成员来说,这是大姑娘上轿——头一回,能不能招到商,他们心里一点底都没有。没想到对于开发区这个新生事物,港商们都很好奇,纷纷前来洽谈,招商团入住的房间里,电话铃声响个不停,港商们的热情,给了招商团成员们极大的信心。

招商团在香港待了四五天,签了7个项目,这些项目都不大,最大的不超过500万美元,最小的只有9万美元,是做一次性筷子的项目。对初来乍到的招商团来说,只要有人来投资就是胜利,再小的项目，也是鼓舞人心的，他们来者不拒，用一句话说，叫"捡到篮里都是菜"。这批项目中有很多在几年后都退出了历史舞台，但对刚刚诞生、起步、筹建的开发区来讲，却有着非同寻常的意义，正是这7个项目开启了广州经济开发区对外招商利用外资的先河。

开发区第一个签约的项目是南海洋行，项目包括石油生产、加工、销售等，投资额200万美元，主要业务是从国外进口石油，加工成汽油，并建一个加油站卖油。投资这个项目的香港商人第一次到开发区考察时大吃一惊，"遍地荒草荒土，就种了一些甘蔗，哪里像个开发区？一无所有，连旅馆都没有"。但他很快想到了怎样在这里淘第一桶金。他敏锐地意识到，开发建设，汽油、柴油是刚需。

1984年12月5日，《国务院关于广州市对外开放工作报告的批复》同意广州在黄埔区东缘兴办经济技术开发区。批复的第三点这样写道：

同意广州市在抓好老企业技术改造的同时，有计划有步骤地兴办经济技术开发区，位置定在黄埔区东缘，珠江主流与东江北干流交汇处，北以横滘河为界，东南至东江，西南至珠江，包括大蚝沙岛，总面积为9.6平方公里。首期开发夏港两侧，面积2.6平方公里。开发区内的建设项目应与全市的生产建设规划紧密衔接，不要自成体系，搞小而全。重点是引进和开发新技术，发展新兴产业，对全市工业的发展起先导作用，生产国内某些紧缺的产品，填补国内某些技术空白。技术水平一般的项目不宜放在开发区内。开发区的商业、服务业，主要是为开发区本身服务。

1984年12月28日是广州开发区正式奠基的日子，三千余位嘉宾共同见证了这一极具意义的历史时刻。会场的简易牌坊有一副对联，横眉写着："广州经济技术开发区奠基典礼"，上联是"尊重科学坚持求实态度"，下联是"锐意革新发扬开拓精神"。很多人不知道，现场的很多东西都是借来的，比如，对讲机是向文冲船厂借来的，几百件军大衣则是向部队借来的，去广州酒家运回订购的午餐餐点的汽车是向广州市外轮供应公司借来的……那一天，北风呼啸，天寒地冻，但大家一点也不在意，每个人的脸上都洋溢着微笑，对开发区的未来满怀期待。

谁也没有想到，奠基典礼几天以后发生了一件怪事——奠基石居然神奇地失踪了。开始的时候，大家还以为有人把它偷走了，心里十分着急，这可是开发区历史开端的见证物啊。大家四处搜寻，却一无所获。直到两个月以后，在附近建工厂挖地基的时候，才发现这个调皮的家伙。原来，由于地基太软，它像土行孙一样钻进地里，然后顺着流沙一路滑行，竟然滑出了五十多米。如今，这块珍贵的奠基石被完好地保存在区国家档案馆。

广州开发区正式挂牌后，工作千头万绪，但开拓者们却急而不慌，忙而不乱，紧张有序地开展着工作，擘画着宏伟的发展蓝图。

常言说得好："要致富，先修路。"路，既是一座城市的血脉和骨架，又关系未来发展的命脉。开发区建设之初，西区只有一条7米宽的泥沙路，没有路肩，也没有人行道。汽车一过，尘土飞扬，遮天蔽日；一到雨天，泥浆乱溅，避之唯恐不及。开拓者们决定先修一条主干道——夏港大道，可是这条路修多宽才合适呢？大家的意见不太统一，有人说30米，有人说60米，还有人说80米，甚至120米，最后经专家认证，确定为60米。

让所有人没有想到的是，修路的过程困难重重，由于地下淤泥层很厚，平均有7~8米深，其中金碧路段处最深13米，要打桩10米深，预制桩一打就沉没，施工难度很大。当初还以为遇到地震，抛石、投沙袋下去也无济于事，好像无底洞一样。最后，经专家商议，决定先抛角石，沉下钢筋水泥箱（2.0米×1.5米×1.5米）做铺管基础，再在沉箱上面铺上排水管道；有些整段塌方管道悬空的路段，还在下面铺钢筋水泥打基础。一番操作下来，问题总算解决了。

首段夏港大道，虽然只有2.6公里，却是当时广州最宽、标准最高的路，号称"广州第一路"，宽度有6车道，预留8米中间绿化带，人行道足足有10米宽。从这条道路就可以看出开发区开拓者们的格局与雄心，也让所有的投资者看到了信心，看到了开发区的美好前景。

广州开发区没有采取全面开花的开发方式，而是步步为营，滚动开发，开发一片，成熟一片。港前工业区是开发区早期开发建设的重点。该区面积仅有1.06平方公里，是一块巴掌大的地方。由工业发展总公司负责规划、建设和管理，工业发展总公司首先明确了统一规划、多方招商、资本运营的指导思想，对用地规划和管理实行三种模式：一是针对外商需要筑巢引凤，建6栋10层标准厂房，共10多万平方米，让外商特别是加工工业的外商自由选择购买或租用；二是出让土地使用权，让专业性较强的外商申请用地，建设低层或单层的工业厂房；三是建临时性钢结构的单层工业厂房，四五个月内建成，让那些需要迅速上马又不想买地买房的外商租用，等他们撤出后拆除该钢结构厂房并在该处再建其他类型厂房，使土地发挥更大效能。这些措施有效地满足了外商的不同需求，使港前工业区建设加速，吸引外商快速进入，较好地发挥了土地单位面积的效益，资本运营效益显著。

志不求易者成，事不避难者进。

奠基一周年，是开发区艰苦创业，探索前进的一年，开拓者们斗志昂扬，朝夕必争，遇水架桥，逢山开路，经过不懈的努力，取得了骄人战绩——2.6平方公里的首期开发片完成了吹沙填土任务。同时完成道路9公里，敷设污水、雨水、供水管道17公里，夏港路北段、志诚路、锦绣路已通车，明珠路、金碧路准备通车。1000门数字微波程控电话正式开通。从法国引进的两台共1.8万千瓦的柴油发电机组的厂房建设已经上马。五栋高层厂房已先后动工，两栋单层厂房可立即交付使用。一个良好的投资环境已初步形成。

短短一年，广州开发区在这片只有蕉林蔗田的土地上引进外资，兴办了一批中外合资、合作经营企业，开办了一些内联企业。签订了工业项目合同28项、协议8项，投资总额4900多万美元，约1.3亿元人民币。彩色印刷、不锈钢厨具、食品添加剂等项目开始试产，部分商业项目开业，一批企业取得了经济效益……

这片苏醒过来的土地，像初生的婴儿，孕育着无限的生机，充满着无限的可能。

2. 草鞋无样　边打边像

时代像一辆高速疾驰的列车，其前行的速度，往往超乎所有人的想象。四十年前，开拓者们在这片处女地上挖下第一锹土时，估计谁也不曾想到，脚下这片荒凉的土地，会发展成今天这个样子。

四十年过去了，广州开发区的第一代开拓者已经渐渐老去，但有一位开拓者却永远年轻、永远活力四射、永远朝气蓬勃。那就是夏港街开发大道与青年路交会处的"开拓者"雕像，一个热血青年昂首挺胸，坚定地注视着远方，双手高举一块立体三角形。这个雕像源于开发区最初的区域图形呈三角形，被称为"黄埔金三角"；三角的三边分别代表了珠江、东江和横滘河，寓意开发区如一面欲扬帆出海的风帆，驶向世界。

"开拓者"见证了这片土地从蕉林蔗地变成"湾顶明珠"的奇迹，它不仅仅是一件雕像，还是开发区人永不懈怠、永不止步的开拓精神的象征。站在雕像面前，我百感交集，热血沸腾，脑海中回想着这片热土上的一幕幕往事。

在历史的长河里，四十年不过稍纵即逝，然而，对于开拓者来说，却是极其难忘的，是一个又一个拼搏奋斗的日夜，是一次又一次开拓创新的探索,是一次又一次艰难无比的谈判……

开发区的家底很薄,最初的开办经费,只有区区2万元,也没有自己固定的办公场所。

时任广州开发区筹备领导小组的一位领导回忆:"如何打开开发区建设的局面,特别是开局要搞对头、搞顺,这是很重要的。我们首先做宣传工作,按照经济语言来说,就是把开发区推销出去,让外界了解开发区。先是请了各国驻广州领事馆代表、商务参赞和外国驻穗机构人员来开会,向他们介绍开发区的情况。美国领事馆一位商务参赞问我们在哪里办公,我们说在越秀宾馆。她就问:'越秀宾馆在哪儿?那里有没有电传?外商找你们方便吗?'就那么几个简单问题,给我非常深刻的印象,至今没有忘记。我们当时只想到越秀宾馆是市委的招待所,在那里办公可以省点钱,但没有想到越秀宾馆对外没有名气,外商不知道它在哪里。后来我们才体会到,对外开放还得讲门面,要摆开架势,要扩大影响力,就得找大家耳熟能详的地点。后来就在东方宾馆找了两个大房间,那里的位置最好,靠近交易会,外商来也很方便。"

10张单价37元的一头沉办公桌,就是开发区最早的资产。当时,他们准备将办公桌搬进高大上的临时办公室,没想到竟发生了一件让人哭笑不得的事:门卫觉得这些桌子太土,居然不给放行。他一脸不屑地说:"这样的桌子竟敢拉进东方宾馆!"大家据理力争,可门卫油盐不进,就是不肯放行。后来,找到东方宾馆原总经理才解决这个问题。

广州开发区管委会的临时办公楼设在黄埔新港的海员俱乐部，地方是跟广州市总工会租来的。据一位老领导回忆，他的办公室在一楼，宿舍在二楼，宿舍很简陋，只有7平方米，中间用木板隔起来。房间里仅有一张钢丝床、一张木桌。当时整个开发区买不到一张木板床，他父亲专门做了一块杉木的床板，辗转三百多公里，给他送了过来。

开发区的第一条临时商业街——旭日街，这条街之所以取名为旭日街，意指开发区如旭日东升，充满无限的希望。这里曾是很多老开发区人难忘的记忆，下班后，他们常在那里小聚，高谈阔论，其乐无穷。三十年过去了，有一位老领导，还对美味的芥菜咸蛋汤记忆犹新。

俗话说，万事开头难。开创初期，找准发展的方向是重中之重。按照国家相关政策，开发区最初的定位叫"三为主一致力"，即以工业为主、外资为主、出口为主，致力于培育和发展高新技术产业。

开发区，当时也被大家称为"新特区"，因为是史无前例的创举，没有教科书可以学，也没有作业可以抄，具体怎么干，谁也说不清楚，只能一边实践，一边摸索。

据很多老领导回忆，当时，广州开发区学习氛围很浓，有个"求实俱乐部"。开发区的创业者们心中都有一个憧憬，把这片处女地变成现代化的工业园，讨论的话题方方面面，有经济学原理、现代管理、美国营销学以及体制方面的问题。一朵又一朵思想的火花被撞击出来，一条又一条的对策建议被梳理出来，一篇又一篇研究报告被起草出来，源源不断地送到决策者的案头。

比如，到底是先经济开发，还是先技术开发？这个问题，就是当时大家讨论得最多的焦点话题。当时的争论可谓针尖对麦芒，相当激烈，经常争得面红耳赤。一种意见认为开发区就是要搞高科技项目，高精尖，起点要高，不能"挑到篮子就当菜"；另一种意见认为要立足广州的实际情况，应该先搞短平快，先找饭（项目）吃，吃饱了之后再来搞高科技（项目）。

除此之外，当时还有一些杂音，有些目光短浅的人不看好开发区的前景，说："把钱扔到沙滩上，得不偿失！"没错，钱确实是扔到了沙滩上，不过，后来的发展证明，它太值得了！

在摸索阶段，思想的争鸣，并不是一件坏事。古人有云，疑是思之源，思是智之本。争论是点燃思想解放的火种，而实践是平息争论的最好方法。

辛苦开发出来的土地不能闲置在那里晒太阳，对于虚位以待的开发区来说，招商是发展的头等大事。和投资者接触的时间久了，大家也慢慢积累了一点经验。当时开发区特别盛行的提法是"蚂蚁效应"：第一只蚂蚁吃了糖，有甜头了，后面一串蚂蚁就来了；第一只蚂蚁吃了苦头，后面的就不来了。"蚂蚁效应"用我们今天的话来说，就是"口碑营销"。

有了这个指导思想，广州开发区在招商审批上，灵活应变，在招商谈判的过程中，给出了最大的诚意，争取让每一只"蚂蚁"尝到甜头。

美特容器厂是开发区第一个较大的项目，也是国内首家有资格承接生产可口可乐易拉罐的厂家,共投入2600多万美元,而且是开发区第一家没有污染的现代化企业。谈判主要集中在两个问题上:一是对方说开发区土地开发价太高,难以接受;二是要单独建一幢专业厂房。

为了吸引落户,开发区最终同意降低地价,并让他们单独盖专业厂房。正所谓,吃亏不亏,从短期来看开发区是亏了一点,但是从长远来看,是可以赚回来的,因为企业在开发区,税收是归开发区的。

工厂动工时,连条路都没有,所有的钢筋水泥等建筑材料都是靠人工背过去的,施工用水也很困难,要用小水泵从横滘河抽水。当时专门成立了该项目筹建领导小组,区领导、有关部门、市轻工局、企业和施工单位派人参加,大家经常在简易工棚里开会,研究解决施工中的问题。不仅如此,很多领导和机关干部都去工地参加了施工劳动。

成功的基础是强烈的愿望,建设者们一刻也不松懈,仅用9个月时间就完成了8万多平方米厂房的施工任务,生产出符合国际标准的产品,创造了了不起的"美特速度"。后来,美国波特集团相关负责人在接受新华社记者采访时感叹道:"在美国建设这样一个企业需要14到16个月,在香港也需要两年半。"

美特容器厂于1986年正式投产,生产线均为当时国际先进水平,分别为每分钟1200个的制盖生产线2条,生产能力为每分钟800个的制罐生产线1条,就像印钞机一样。试产一年,生产铝合金易拉罐体5606万个、铝合金易拉罐盖2.6亿个,实现产值7176

万元，正品率分别达95%和97%，收汇358万美元。实现了当年建设、当年投产、当年出口、当年创汇，并连续五年被评为全国效益最好的外资企业。

格物辨真理，实践出真知。随着时间的推移，关于招商的方向，大家的意见慢慢统一了——做企业需要第一桶金，建设开发区也需要第一桶金，没有生存，何谈发展?!

一口吃不成胖子，一步跨不到天边，一切必须从实际出发。1985年，在全区首次工作会议上，开发区党委、管委会明确提出："要正确处理好项目的技术先进与项目在起步初期的经济效益的关系。选择项目以短期内有效益，长期内水平高为原则。"

为了给招商提供可实操的指引，开发区还进一步明确了"引进技术分档次"，以经济开发养技术开发的思路。当时提出分四个档次：一是能够达到发达国家20世纪80年代的技术水平，那是最好的，但不容易做到；二是在国际上不算先进，但在国内还是先进技术，也应该引进；三是有利于广州市老企业改造的技术；四是技术不算先进，但效益很好，即通常讲的吃饭项目，要积极引进。这个务实的发展方向，为开发区资金的原始积累打下了坚实的基础。

这一时期，作为改革开放的重要战略平台，全国开发区的发展如火如荼，你追我赶，形势喜人。1986年8月21日，82岁高龄的邓小平同志视察天津开发区，即兴挥毫题写了"开发区大有希望"。这7个字的豪迈论断极大地鼓舞了刚刚起步的开发区事业，成为全国开发区建设者们共享的精神财富和力量源泉。

俗话说："草鞋无样，边打边像。"在那段激情燃烧的岁月里，开发区的开拓者们在这块改革开放的试验田上，大胆地闯，大胆地试，他们一边实践，一边摸索，一边思考，一边总结，摸索出许多行之有效的生动经验。

1986年12月，全国开发区第一次政策研讨会在天津召开，广州开发区在会上介绍了许多新思想，如"开发一片，成功一片""以经济开发带动技术开发""以点带面""蚂蚁效应""依托母城、服务母城""以短养长，以吃饭项目养科技项目""外引内联"等，指导思想明确，实践上可行；开发区的新观念，如服务观念（为基层服务、为投资者服务）、时效观念（办事讲求实效、讲求时间）、竞争观念（有竞争意识）、信誉观念（诚信待人）等，也为开发区带来良好的口碑。

有意思的是，在这次会议上，招商的定位又一次引发了争议。后来的实践证明，广州开发区"先经济后技术"的发展道路是行之有效的。

广州开发区通过"三来一补"的"短平快"项目度过了艰难的起步期，开始引进跨国企业项目。其中，最有代表性的就是宝洁项目。

宝洁是广州开发区最早引进的跨国企业之一。根据当时规定，为了实现外汇平衡，外商投资生产的产品70%要外销。宝洁方面提出：在中国设厂就是看中中国市场，为什么要销到国外去？

为了解决问题，广州开发区不断向上争取，甚至反映到国务院，最后获批试点，外汇自行平衡。1988年，宝洁落户广州，生产出国内第一批海飞丝洗发水,成为风靡上下的"洋货"。据宝洁公司的"老员工"老吴回忆,当时的海飞丝算是"奢侈品",一瓶价格相当于普通人工资的四分之一,他的员工卡可以打九折,于是,他成了"香饽饽",有不少爱时髦的朋友托他买海飞丝。

和其他开发区不同,广州开发区采取的是步步为营的战术,不急于求成,一小块一小块地搞。

按照整体规划,开发区按照不同的功能,划分为南围综合区、港前工业区、东基工业区、西基工业区、北围工业区和云埔(东)区等六个小区。

从港前工业区开始起步,集中力量建成了第一个工业组团;20世纪80年代末,基本完成西区6.6平方公里的开发建设。

俗话说,瘦田无人耕,耕开有人争。开发区的发展速度,远远超出了所有人想象,到了20世纪90年代以后土地不够用的压力越来越大,可谓"一地难求"。当时,美国通用电气公司有一个塑料制品项目要到开发区发展,而开发区仅有一块不那么正规的三角形地供他们考虑。结果,由于外商不满意,这块到了嘴边的"肥肉"飞走了。管委会下定决心要扩大开发区的建设规模。

怎么扩大开发区规模?西边的土地已经没有了,大蚝洲岛由于地形和位置不合适,外商不愿意在那里开发。另外,黄埔新港及珠江、东江码头区占了一部分用地,开发区的实际面积并没有9.6平方公里。办法总比困难多,灵活的开发区人,首先想到了置换,把西区无法利用的3平方公里土地与东区的土地置换。

1992年5月,广州开发区关于置换3平方公里土地的请求,得到国务院正式批准。1993年6月28日,举行奠基仪式,没想到,那一天大雨倾盆,开工典礼仪式横额上所有的字都被大雨冲走了,领导们的鞋子里灌满了水,成了真正的"水鞋"。雨虽然下得很大,大家却情绪高涨,笑得合不拢嘴,因为,对广东人来说,水就是财,水越多,财就越多。

东区果然不负众望,一开工就动力十足,实现了当年筹办,当年开发,当年引进项目,当年有项目投产。

保税区的建设,也是广州开发区发展史上的重要一笔。

保税区的功能定位为"保税仓储、出口加工、转口贸易"三大功能。保税区具有进出口加工、国际贸易、保税仓储商品展示等功能,享有"免证、免税、保税"政策,实行"境内关外"运作方式,是中国对外开放程度最高、运作机制最便捷、政策最优惠的经济区域之一。

为了报批保税区,开发区分秒必争,留下了"两天三进京"的佳话。

1992年5月13日,经国务院批准,在广州经济技术开发区西区范围内设立广州保税区,首期开发面积1.4平方公里,主要功能是发挥黄埔新港优势,为拓展转口贸易和加工出口服务。7月8日,广州保税区在广州经济技术开发区的东北部正式奠基。1995年5月1日,经广州市政府批准,广州保税区与广州经济技术开发区实行财税分离,成为"友邻"单位。

由于发展速度实在太快,土地问题成了束缚广州开发区发展的最大瓶颈，有项目无土地的尴尬时常发生，摩托罗拉（中国）电子有限公司就因找不到合适的土地而放弃在广州开发区落户。

1995年，开发区的空间进一步拓展，规划面积扩大至永和经济区，规划面积34.7平方公里，同时成为广州台商投资区。该片区采取开发区与增城永和镇合作开发的模式，开创了开发区跨行政区合作开发的先例。1995年，广东省政府正式批准永和经济区由广州经济技术开发区统一开发和管理。

这一年，广州开发区的发展极其迅猛，地区生产总值增速达到78.69%，工业总产值增速达到105.7%，财政收入增速达到117.73%，税收收入增速达到126.85%，均创历史最高纪录。

这一年，永和隧道开始修建，隧道把广州开发区的永和经济区、东区以及西区连成一片，永和与西区的距离缩短了10公里，大大改善了永和经济区的交通状况和投资环境。

路通则财通，永和隧道建设，使永和开发区的投资环境发生了重大转折，吸引了美国桂格、瑞士雀巢、中国台湾旺旺等一批知名企业落户。

3. 好风借力　直上青云

好风凭借力，送我上青云。

广州开发区是改革开放的"试验田"，凭借着改革开放的春风，广州开发区艰苦奋斗，励精图治，以舍我其谁的担当，开拓创新,逐渐成为全国开发区的排头兵。

很多朋友会问,昔日的"西伯利亚"到底是如何变成全球投资热土的呢?

如果总结成一句话,那就是用好了改革、开放和创新三把金钥匙,坚持"吃改革饭、走开放路、打创新牌"。

在过去的四十年中,广州开发区的功能定位一直是不断发展变化的,创立初期是"引进先进技术,实现进口替代"的出口加工区;20世纪80年代后期至90年代中期提出"现代化工业园区";90年代后期,一般单一功能及固化发展的工业园区在发展后期所面临的困境具有普遍性。如果广州开发区依然固守工业园区或者纯经济功能区的发展思路,迟早都将遇到工业园区后期必然遭遇的困境,比如土地资源紧缺、地价飙升、环保成本倍涨、与周边区域资源竞争趋烈、劳动人口通勤压力增大等。

1995年11月,国务院特区办在广州开发区召开沿海14个经济技术开发区工作座谈会,交流和研究各开发区进行第二次创业的思路,拉开了全国经济技术开发区第二次创业的序幕。

1996年,国家给首批14个开发区的财政优惠政策到期,外商投资企业进口设备不再免关税和增值税。1997年下半年亚洲金融危机爆发,这些都给开发区的发展带来了巨大的考验。

明者因时而变,知者随事而制。广州开发区人不等不靠,审时度势,化危为机,果断开始了"第二次创业"。

1997年2月,开发区管委会召开年度工作会议,明确了广州开发区逐步从以制造业为主的外向型工业园区转变为先进制造业、高新技术产业、现代服务业协调发展的综合型经济园区。

转型升级，如脱胎换骨、浴火重生，是极为艰难的。1998年4月，广州开发区在广州松园宾馆召开了第二次创业发展思路研讨会。会议对广州开发区的定位深入研讨和论证，把开发区的发展方向和目标定位为现代化、国际化的综合型经济区，即在第二次创业阶段，要把广州开发区建设成为以高新技术产业为先导，以现代工业为主体，以附加值高的智能型第三产业为支撑的现代化、国际化的综合型经济区。力争成为广州市和广东省新兴工业的重要基地之一；成为广州东南部开发建设的重点区域；成为全国优势明显、特点突出的先进经济技术开发区；成为国际知名度较高的安全、舒适和高效率的投资园区。1998年6月，广州经济技术开发区党委会议审议通过了《广州经济技术开发区第二次创业发展纲要（1996—2005）》，这是指导广州开发区第二次创业的纲领性文件。

在这份重要的文件中，广州经济技术开发区党委、管委会确定了致力于实现由经济开发向技术开发的转变，大力发展科学技术，实现产业升级的发展战略。广州开发区加大对高新技术项目的扶持力度，制定了一系列扶持政策，管好、用好、鼓励和支持高新技术发展的科技资金和创投基金，构筑良好的科技创新支撑体系。

回首往事，在开发区四十年的发展历程中，1998年是具有转折意义的一年。这一年，广州经济技术开发区与广州高新技术产业开发区合署办公；这一年，科学城正式奠基，开发区确定了由经济开发区向技术开发区的转变，大力发展科学技术，实现产业升级的发展战略；也是这一年，《广州经济技术开发区、广州高新技术产业开发区科技发展纲要》出台，明确提出"科技强区"的指导思想，而"科技强区"的关键在于吸引高科技人才。

1998年12月，广州经济技术开发区合署办公与广州高新技术产业开发区，实行一套管理机构、两块牌子的管理体制。这其实源于一次工作汇报。据时任开发区管委会主任回忆：

1998年初，我向市委书记汇报工作时，讲到开发区可用地。据说很紧张，有项目没处安排。这时，科委主任兼高新技术开发区主任也参加了会议，他却提出，他们现在有地没钱，要怎么办。市委书记想了一会就说，你们一个有钱没地，一个有地没钱，你们合伙吧！优势互补，发挥各自的优势啊！最后，我俩都说，那好啊！

广州高新技术产业开发区与广州经济技术开发区合署办公后，两区的政策互通、资源共享，此后，合并的步伐进一步加快。

这一年，开发区最重要、最耀眼的关键词，就是"科技"。

发展科学技术，最需要的自然是科技人才，尤其是高精尖人才。

每一个科技人才，都像是一粒金种子，遇到合适的土壤便能生根发芽，长成参天大树。当时，广州开发区已聚集一批留学归国人员，手握世界前沿技术，但缺乏创业政策、启动资金和配套支持。在开发区招商局局长的牵线搭桥下,一批留学人员就改善这一状况提出了许多想法和意见,主要集中为两个意见:第一是成立广州留学人员创业园,第二是发起一个留学生的"千人大会"。方案上报后得到了市委、市政府的大力支持,决定由市政府主办,开发区承办。"留交会"由此诞生。

这位局长在后来的文章中回忆道:

我留学回国后,任广州开发区招商局局长。工作中,我发现外资带来的资金、技术和人才随时会走,假如不能大力发展具有自主知识产权的高新技术产业,开发区要实现二次创业就会底气不足。于是,想到了留学生这个群体。

对于留交会这个新生事物,也有一些不同的声音,反对者们认为,举办留交会光花钱,不打粮食(没有税收)。事实证明,当时的决定是非常正确、非常有远见的。

1998年12月28日,正值欧美圣诞节放长假期间,首届(广州)留学人员科技交流会开幕。第一届留交会在位于市区流花路的广州出口商品交易会展览馆开幕。交流会通过经贸洽谈、投资研讨、项目发布、参观介绍、代表座谈等途径和方式,为海外留学人员与企业、科研机构、高等院校交流搭建了一个平台,取得了圆满成功。

前来参会揽才的国内单位达到375家,包括8所高等院校、18家科研单位和160多个政府部门和企业,许多来自美国、英国、澳大利亚等发达国家的中国留学人员像候鸟一样不远万里来到广州参加交流会。这次交流会,共接洽项目394个,包括"快速免疫诊断试剂盒""全套计算机设计、分析和虚拟现实仿真系统"、技术转让项目"混合电动汽车""快速体温计""汽车安全距离警报系统""可锁式民用警报器"等高新技术。

一方面是开发区急需科技人才，一方面是留学生们渴望回国创业，一段天作之合由此开启，并延续至今，成为中国规模最大、层次最高、影响力最强的海外人才创新创业交流平台，也是开发区发展史上的重要转折点。

考虑到很多"海归"回国创业，都有些水土不服，对国内创业服务质量有些担忧。为了给他们提供优质的服务，让他们没有后顾之忧，1999年，开发区专门设立了留学人员广州创业园（广州火炬高新技术创业服务中心），这是开发区最早的孵化器，被称为"科技创新的聚宝盆"。如今，广州开发区已形成华南地区规模最大的孵化器集群，成为广州孕育科技型中小企业的重要载体、聚集高端技术人才的人才高地和科技自主创新的发源地。

多年以后，洁特生物董事长袁建华对创业之初开发区的雪中送炭仍记忆犹新：1998年初到广州时，刚开始创业的他，幸亏得到了广州开发区的创业支持，比如给留学人员创业企业10万元的现金奖励，在创业园内给了洁特生物三年免租的厂房，还给了首年免租的周转公寓。"别小看当初一些小小的支持，它对未来起着非常大的作用。"袁建华说，正是有了这些方面的支持，他才得以在后来把家人接到广州，省下一笔钱用于科研。如今，洁特生物已经成为一家优质的上市公司，是国内领先的致力于为生物实验室提供整体解决方案的高新技术企业。

这个阶段，广州开发区一边加大力度招才引智，一边继续拓展发展空间。

2000年4月27日，国务院批准在广州经济技术开发区东区范围内设立广州出口加工区；9月26日，广州出口加工区填土动工，首期90万平方米的基础设施建设全面铺开；11月7日，广州市机构编制委员会批准成立广州出口加工区管理委员会，与广州经济技术开发区管理委员会、广州高新技术产业开发区管理委员会合署办公，实行"一个机构、三块牌子"的管理体制，使三个区的功能互补和资源配置做到最优化，三区相得益彰，彼此辐射，共同发展。

2001年3月30日，广州出口加工区通过海关总署验收，并正式封关启用，广州开发区又添一政策功能区的金字招牌。

2001年8月，广州保税区开始酝酿并入开发区。

2001年9月，广州市政府明确广州经济技术开发区参照广州科学城的开发建设模式，负责对位于海珠区的广州国际生物岛（原名官洲岛）进行开发建设。2011年7月，广州国际生物岛开岛运营。

2002年6月，广州保税区正式并入广州开发区，实现"四区合一"，即广州经济技术开发区、广州高新技术产业开发区、广州出口加工区、广州保税区四个国家级经济功能区合并（简称广州开发区），面积78.92平方公里，实行一套管理机构、四块牌子的"四区合一"管理体制，成为广州乃至华南地区享受国家优惠政策最多、外商投资最密集、经济发展极具潜力的高度开放区域。

实施"四区合一"管理体制,主要是为了提高效率,改善政府的服务功能,形成"小政府、大中介""小政府、大服务"的管理体制,从而实现经济技术开发区、高新开发区、保税区、出口加工区四个功能区之间政策、体制、环境资源的共享。

合则强,孤则弱。经过一段时间的磨合,广州开发区不同功能区整合的优势得以充分发挥,2002年以后开发区生产总值、工业总产值两项主要经济指标以两年翻一番的速度发展。

中国加入世贸组织以后,开发区紧紧抓住经济全球化和中国入世所带来的外商对华投资和产业转移热潮,营造了承接国际产业转移的良好环境和平台,同时加大对周边土地资源的整合力度;在软环境建设方面,注重与国际接轨、厉行创新,强化服务意识,不断改革创新行政管理机制,提升服务效率和服务水平,极大地提升了区域环境竞争力。

经过这一阶段的发展,广州开发区实现了资金大投入,土地大开发,环境大变化,效益大提高,经济大发展。开发区顺应时代变化,提出了建设以现代工业为主体、第三产业协调发展、经济社会全面进步的"广州新城区"的发展目标,从单一的经济功能区向广州东部新型生态新城区迈进。

开发区成立20周年(1984—2003年),综合经济实力已连续多年在全国49个国家级经济技术开发区中名列前茅。地区生产总值和工业总产值年均增长速度分别达到34.0%和70.5%,累计实现地区生产总值逾1529.61亿元。

开发区逐步形成了以现代制造业为主体的产业集群。精细化工、电子信息、光机电、食品饮料、金属冶炼及加工、汽车等六大支柱产业规模不断扩大，产业集聚效应日益明显，从传统的下游简单组装向上游核心制造工序和研发等高端产业链延伸，形成了产业集群化、族团化发展的格局。拥有全球最大的口香糖生产厂、牙膏生产厂，全国最大的空调压缩机生产基地、线路板生产基地、不锈钢生产基地，建成了全国第一个轿车出口生产基地等。

全区共吸引了50多个国家和地区的客商投资设厂，累计合同利用外资按注册资本计66.65亿美元，实际使用外资49.66亿美元，投资总额在1000万美元以上的项目378个，1亿美元以上的项目17个，世界500强跨国企业投资项目85个。

全区累计进出口总值为260.30亿美元，其中出口总额达141.96亿美元，形成了以机电产品和高新技术产品占主导地位的出口结构，形成了越来越明显的投资集聚效应，使开发区成为本地经济融入经济全球化的一个重要平台。

每一平方公里"七通一平"土地面积产生地区生产总值19.38亿元、产生税收4.52亿元。成为全国投资密度最高，单位土地面积产出产值、利税最大的开发区之一，成功探索了一条资源整合优、产出效益好、建设质量高的集约化园区经济发展路子。（数据计算口径：累计地区生产总值/8.92平方公里；累计税收/78.92平方公里）

时代在变化，开发区的定位和功能也随之发生变化。

2005年3月，国务院办公厅转发商务部等部门《关于促进国家级经济技术开发区进一步提高发展水平若干意见的通知》，通知指出：以提高吸引外资质量为主，以发展现代制造业为主，以优化出口结构为主，致力于发展高新技术产业，致力于发展高附加值服务业，促进国家级经济技术开发区向多功能综合性产业区发展。"三为主二致力一促进"，成为开发区发展新的定位和方向。

广州开发区取得超常规、爆发式发展，但存在着开发区内与区外的差距正在越拉越大的问题，征地拆迁、失地农民就业、社会保障、教育、卫生、治安等一系列社会管理事务对开发区发展的制约作用日益突出。此外，随着改革开放由局部先行走向全方位推进，优惠政策转向普惠制度已成大势所趋。由于政策优势逐渐弱化、土地资源捉襟见肘、行政主体地位不明确等因素，使得开发区的优势受到挑战。"特区不特""排头兵在徘徊""开发区的历史使命是否结束了"等类似说法在社会上时有所闻。很显然，作为单一经济功能区的国家级开发区需要寻找新的突破，才能继续发挥它在体制改革的"实验区"、实现区域现代化的"先行区"的历史作用。

2005年4月28日，根据《国务院关于同意广东省调整广州市部分行政区划的批复》（国函〔2005〕35号），广州市行政区划调整方案获国务院批准，在广州开发区的基础上，整合周边农村地区，设立萝岗区。萝岗区总面积393.22平方公里。萝岗区人民政府驻广州经济技术开发区志诚大道。同年9月28日，萝岗区人民政府挂牌。广州市萝岗区与广州经济技术开发区、广州高新技术产业开发区、广州出口加工区、广州保税区合署办公，实行一套人马、五块牌子，这属全国首创。开发区和行政区采用一套领导班子，实行"统一领导，各有侧重，优势互补，协调发展"的新体制。广州开发区、萝岗区合署办公后，仍用开发区的模式去管理行政区，机构基本保持着开发区的体制，人员精干，行政授权充分，仍然是大部制，一个部门还是挂几块牌子，有别于其他普通行政区。

萝岗区的设立，改变了广州开发区的行政环境，开发区的地域范围由交错于黄埔、白云、天河、增城4个区、县级市，改为统一划入一个行政（萝岗区）范围，经济功能区将获得新的发展空间，获得解放生产力的新机遇，并将借新城区的建设，进一步完善功能，优化产业结构。萝岗区以拥有4个功能区的优势站在新的起点上，加快城市化进程。

这一阶段，面对土地资源越来越紧缺的突出矛盾，开发区惜土如金，创造性地开辟了一条"零地招商""延伸招商"的引资新道路，对102个已落户的世界500强投资项目，鼓励其在不增加或少增加项目用地的前提下，进一步增资扩产。据统计，2007年全区实际利用外资的9.27亿美元中，有六成就是通过"零地招商"实现的。

2008年，美国发生金融危机，为促使全省经济在全球竞争中尽快完成由中低端迈向高端的历史性跨越，广东省委、省政府做出了推动经济"腾笼换鸟"转型升级的一系列决策部署。

这是新一轮的产业革命，开发区转危为机，通过"腾笼换鸟"的手段,把土地调整供应给用地省、技术高、效益好的项目,让有限的土地发挥最大的效益。

例如,通过转移迪森公司的生态质能项目,广州开发区腾出了20万平方米的发展空间,利用这部分土地建设了一个超大规模的孵化器集群,吸引大量的高端研发服务机构入驻。

变则通、通则达、达则成,开发区审时度势,以转变经济发展方式为主线,积极实施创新驱动发展战略,推动产业转型升级,着力集聚高端项目、人才、技术、资金等创新要素,与高校、科研院所、跨国公司等机构开展创新合作,注重发展新一代信息技术、新材料、新能源、生物医药、生命健康等战略性新兴产业,引进和培育了一大批创新型科技企业,走上了外向带动与自主创新相结合的开放型自主创新路子。

4. 湾顶明珠　熠熠生辉

改革开放是决定当代中国命运的关键一招,也是实现"两个一百年"奋斗目标、实现中华民族伟大复兴的关键一招。

广州开发区凝聚着中央、省、市各级领导的亲切关怀和有力支持。1984年全国首批开发区成立时,国家为了照顾开发区,给了一个政策:5年内开发区创造的财政收入全部留给开发区。这条政策1989年到期。因为广州市领导的关心和支持,这条政策在广州开发区一直延续到2005年,才做出一些变动,以2005年的财政收入作为基数,把全留改为增收按比例分成,但基数部分保持全留。这对开发区后来的发展提供了重要的财力支撑。此外,彼时的黄埔区也给予了大力支持,如广州市委调派时任黄埔区区长参加征地和干部选拔等筹备工作,开发区的学校也是黄埔区从区内选调老师参与建设起来的;当时黄埔区花大力气引进来的"联众不锈钢"也在开发区落地。

欲流之远者,必浚其泉源。把目标变结果,把蓝图变现实,关键在党,根本在于全面加强党的建设。在发展经济的同时,广州开发区大力推进党组织的建设。早在1994年,广州开发区党委就下发了《关于加强我区外商投资企业党建工作的通知》,1999年全区外商投资企业党组织组建率就达到了79%。2000年1月17日,广州宝洁有限公司临时党委宣布成立,党建工作有声有色。一年之后,临时党委"转正",成为全国第一家外资企业党委。2022年,在全市率先探索产业链党建,创新整合市委组织部两新党建红联共建"红链计划"及市、区工信局"双链制"产业链工作机制,打造"红杉林"产业链党建计划,逐步对全区13条产业链进行党建工作覆盖。通过构建"党建引领、产业链接、融合发展"的产业链党建体系,把党组织串在产业链、党员聚在产业链、促发展谋在产业链,吸引更多显示产业集群上下游企业进驻。

"开拓、求实、效率、文明、廉洁"是广州开发区的十字区风,四十年来,作为改革试验田和开放排头兵,广州开发区敢为人先、勇于开拓,始终牢记创新这个与生俱来的生命基因,引领改革开放风气之先，创造了很多"全国第一"。在全国第一个制定了《开发区条例》，把开发建设纳入法治轨道；第一个建立起国家级经开区、高新区、保税区、出口加工区、中新广州知识城"五区合一"的管理模式；第一个实行党政合一的大部制管理体制；率先探索经济功能区带动行政区发展的新路子，始终保持精简高效的管理构架；率先开展产业化、专业化招商；率先实行土地有偿出让制度；在全国首设企业建设服务局，率先推行"一站式"办公、"一条龙"服务；全国首创引智引技引资4.0模式；全国唯一获得ISO9001标准双重国际权威认证的区域……

2010年6月，中新广州知识城奠基。2012年9月，广州市机构编制委员会批复中新广州知识城管委会与广州开发区管委会合署办公，这在开发区历史上具有重要的转折意义，开发区进一步接轨国际市场，打造全国最优、国际一流的营商环境。在这个阶段，凭借着中新广州知识城、广州科学城、黄埔港、广州国际生物岛，以及穗港智造合作区、穗港科技合作园的"4+2"战略发展平台，广州开发区逐渐成为以技术、人才、资本汇聚融通的知识经济高地。

广州开发区一路高歌猛进，对广州市经济发展的贡献越来越大，主要经济指标保持20%以上的年均增长速度。1992—2011年，开发区地区生产总值平均增速高达27.7%。1991年，广州开发区地区生产总值占广州市总量的2.2%，2001年，占比达到7.15%，到了2013年，这个比例已经达到了13.7%，成为支撑全市经济快速发展的重要增长极。

开发区成立30周年（1984—2013年），经济总量、工业产值和财政总收入分别突破2000亿元、5000亿元和500亿元，聚集了2000多家科技企业和100多家世界500强项目。按从业人员计算，人均地区生产总值51.51万元；区每出让1平方米土地，产生地区生产总值4378元、财政收入1127元、税收883元；每出让1平方米工业用地，产生工业总产值16 279元、工业增加值4392元。更值得欣喜的是，高新技术产品产值占工业总产值比重超过50%，研发投入占地区生产总值比重达到3.9%，高新技术产业集群初步形成。获评国家首批创新型科技园区、国家级海外高层次人才创新创业基地、国家知识产权示范园区，建成电子信息、生物医药等10个国家级产业基地以及平板显示等3个广东省战略性新兴产业基地，形成电子信息、精细化工等6大支柱产业。

2014年1月25日，广州开发区的行政版图再次拓展，国务院同意撤销广州市黄埔区、萝岗区，设立新的广州市黄埔区，以原黄埔区、萝岗区的行政区域为新的黄埔区的行政区域，管辖面积扩至486平方公里。2015年9月1日，新黄埔区正式挂牌成立，黄埔区与广州开发区实行深度融合的管理体制，区位优势、体量优势都得到了提升。

2018年10月24日，习近平总书记在广州科学城视察时提出"中小企业能办大事"的重要论断。如今，开发区已集聚4.8万余家中小企业，全区80%以上的规上工业企业是中小企业，全区80%以上的高新技术企业是中小企业，80%以上的发明专利、创新成果和新产品来自中小企业。在这片创业热土上，众多中小企业跑出

"加速度",办成了许多引人注目的"大事"。

一张张骄人的成绩单,令人热血沸腾。

2018年,中新广州知识城正式成为中国—新加坡国家级双边合作项目;2020年,《中新广州知识城总体发展规划(2020—2035年)》获国务院批复;2021年,广州开发区获批创建全国首个"中小企业能办大事"创新示范区;2022年,广州开发区39条营商环境创新举措获全省推广。2022年,广州开发区获批国家级知识产权强国建设示范园区建设试点;2021年7月,中新广州知识城建成国际人才自由港,有力地促进了知识创造。2021年,广州开发区正式成为广州的"工业一哥",工业总产值占广州全市比重超过29.0%。截至2024年6月,全区每万人发明专利拥有量达325.1件,为全市平均水平的3.9倍。

历史选择了广州开发区,广州开发区也抓住了历史机遇。从一片滩涂起步,经过四十年的艰苦奋斗,开拓创新,广州开发区从靠资源要素驱动、建大工厂划大土地的"大开发区时代",走向产业高端化、生态化、集约化和创新驱动的"高质量发展时代"。截至2023年,地区生产总值年均增长20.5%以上,以占广州市6.5%的土地面积,创造了全市27.8%的工业产值、12.4%的地区生产总值和16.6%的税收收入,连续7年综合实力居全国经开区第二,财税总收入连续6年超千亿元,速度和效益始终引领全国开发区。更为可喜的是,从全世界来衡量,广州开发区的人均地区生产总值也超过全球前30大经济体,达到韩国、意大利等发达国家的水平。

吸引外资，是观察一个地区开放水平的"窗口"，也是一张反映经济活力的"晴雨表"。广州开发区实际利用外资规模连续多年位居全国经开区第一；从2016年以来，实际使用外资规模连续7年超20亿美元；2023年，实际利用外资更是超过30亿美元，实现历史性突破。

截至目前，与全球220多个国家和地区建立了经贸往来，超过4600家跨国公司，世界500强企业累计投资项目数315个，中新广州知识城已聚集逾1000家前沿科技企业，成为"新加坡企业来华投资首选地"；中欧合作纳入国家区域政策合作案例地区。连续4年荣获"杰出投资促进机构奖""杰出投资促进项目奖"两个国家级大奖，正在广州东拓战略、粤港澳大湾区建设、"一带一路"中发挥着不可替代的重要作用。

2019年2月18日，《粤港澳大湾区发展规划纲要》（以下简称《规划纲要》）正式发布，提出打造世界一流湾区和世界级城市群。作为粤港澳大湾区富有活力的"改革先锋"，广州开发区立即提出了打造"世界知识城、湾区创新源、国际人才港"的战略构想，连续出台多个推进全面深化改革、推动全面开放经济政策，成为《规划纲要》出台后政策力度最大的地区之一。

继2019年启动建设"穗港智造合作区"之后，又以广州云埔工业区为主体，建设穗港科技合作园，旨在以"一区一园"建设，深度融通粤港澳资源，以资源要素的高效对接，实现更高标准创新、更高水平开放、更高质量发展，打造成为粤港澳创新合作示范区。

加强大湾区科创力量，赋能产业发展。建设粤港澳大湾区国家技术创新中心、广州实验室、清华珠三角研究院，粤港澳大湾区知识产权交易博览会永久落户中新广州知识城，开通大湾区首条点对点跨境数据专线"粤新通"。

为了更好地支持大湾区建设，广州开发区出台了一系列开创性的政策。比如，为解决港澳等外资企业落户效率低的问题，广州开发区搭建穗港澳商事登记"跨境通"平台，服务范围涵盖港澳、新加坡、欧洲和中东等"一带一路"地区和国家。相关企业在开发区的商事登记全流程办理时间，从平均一个半月压缩到9天以内，"足不出境"就可完成，时限压缩80%。仅2023年，商事登记"跨境通"服务就为197家港澳企业提供便利服务，入选省大湾区规则衔接机制对接典型案例。推出《广州市黄埔区广州开发区推进粤港澳知识产权互认互通办法（试行）实施细则》，为港澳或新加坡知识产权互认互通作用提供保障。推动大湾区近30家认证检测机构共同发布《粤港澳地区能力验证技术规范》团体标准。成立大湾区劳动争议研究院，先行先试开展涉港澳劳动关系前沿理论研究和争议调处，推动粤港澳三地创新要素的自由流动，助力粤港澳大湾区建设。开展港澳律师来穗执业试点，2名港澳律师区内执业。粤港澳大湾区（黄埔）跨境理财和资管中心启动运营，入驻风投机构累计88家。港澳居民（广州）健康服务中心接待线下就诊客户633人次，接待线上客户就诊与咨询2000多人次，启动公立医疗机构招聘港澳中医师试点，设立6个港式家庭医生工作室。华南师范大学附属外国语学校开设4个"港澳子弟班"。广州粤港澳大湾区研究院入选"一带一路"国际智库合作委员会。举办"青春黄埔行""第二届粤港澳大湾区新能源产业国际论坛""融通湾区 汇智黄埔""第九届中国广州国际投资年会分会场"等活动。

此外，还建设澳门青年人创新部落、湾创之星等载体。优厚的政策，吸引了不少港澳青年来开发区创业，香港青年刘鸣就是其中的一员。

"租金减免20万元，还有创新创业补贴……这些可都是实实在在的支持。"在励弘文创旗舰园的办公室里，刘鸣翻看着报表上的各项优惠政策，不住地感慨。

几年前，新创办的施德朗（广州）电气科技有限公司入驻创意园区，工作人员主动上门讲解政策，指导创办人填报申请，"政策真贴心！服务真暖心！"

"不仅如此，园区还为创业青年量身定制了知识产权培训、金融专题培训、港澳青年项目路演会等活动。"该园区总经理表示，基地的各项工作就是为了推进区域创新，孵化潜力新锐，带动港澳中小微企业发展。目前，基地已有28家优秀港澳数字创意类项目企业入驻，知识产权覆盖率80%以上，每年开展相关港澳活动20多场。

2023年10月，国务院批复设立广州知识城综合保税区，由广州保税区和广州出口加工区整合优化而成，创广东2个海关特殊监管区域同步异地迁址整合优化之首例。这是广州市第4个获国务院批准设立的综合保税区，也是广州开发区第2个获国务院批准设立的综合保税区。在"国家级双边合作项目+自贸试验区联动发展区+综合保税区"的政策红利叠加下，知识城将构建要素更为集中、链条更为完善的产业创新生态系统和快速链接国际化物流网络，打造国际一流营商环境，持续深化对外开放合作。

立足湾区通全球，走在开放最前沿。广州开发区明确了建设"一带一路"核心支撑区的战略目标，将合作创新的桥梁架设在五洲四海，在经贸交流、平台搭建、项目合作等方面，积极推动与沙特阿拉伯、欧洲等共建国家和地区的合作，深度融入共建开放格局，谱写高水平对外开放新篇章。比如，依托中新广州知识城构建中新全方位合作新机制，积极推进中欧政策合作试点，积极推动与沙特贸易合作以及中日生物医药大健康合作，推动粤港澳大湾区协同发展。

作为国家发展改革委指定的中以合作重点区域，广州开发区已形成中以生物产业孵化基地、中以机器人和智能制造产业基地两大合作载体，并设立了广州中以生物产业投资基金、中以智能制造创投基金两个产业基金，出台了《广州开发区中以生物产业孵化基地专项资金管理办法》等创新配套政策，以吸引更多的以色列创新成果到广州进行转移孵化、产业化和商业化，进一步推动中以经济技术合作。

广州开发区发挥区位优势，借助粤港澳大湾区建设、"一带一路"等重大战略，借助广州、深圳"双核联动、比翼双飞"的政策优势，已经发展成为广州乃至粤港澳大湾区实体经济主战场、科技创新主阵地和区域经济增长极。

饮水思源，缘木思本。

广州开发区四十年的巨大成就，离不开改革开放。开发区是我国改革开放的伟大创举，四十年来，开发区用最小的土地、最高级的人才、最前端高端的产业，促使产业结构不断优化，成为创新驱动发展示范区、新兴产业集聚区、转型升级引领区和高质量发展先行区。

开放和创新的双重变奏、互动，是广州开发区发展的根本动力。广州开发区的领导们在开放中学习创新，他们在招商引资的过程中，到国外学习，才知道科技创新体系，比如孵化器、知识产权、天使投资、风险投资，他们学习国外如何创新，回来摸索，才有了后来扶持科技企业的一系列做法，形成了中国最大的孵化器集群。因为创办留交会，科技创新才有了支撑力量。目前，全区累计87家上市公司中，相当一部分工作人员是当年的留学生。同时，创新又对开放提出了更高的要求，不再只做"三来一补"，而是发展高科技，这是一个互动的过程。

实践证明，"在邓小平同志亲自倡导下，国家决定举办开发区是一项影响深远的战略决策，也是在探索中国特色社会主义道路上进行的一个伟大实践，还是推进国家现代化建设的一大创举，同时更是世界工业化、城镇化发展史上的一大奇迹"。

作为国务院批准成立的首批14个国家级开发区之一，广州开发区在四十年的发展历程中，发挥开发区作为改革开放"重要窗口"和"试验平台"的功能作用，敢闯敢试，敢为人先，多项指标连续多年全国排名第一，目前正在打造全球企业投资首选地和最佳发展地，打造新时代高质量发展引领之区。

2023年广州开发区全年地区生产总值3762.06亿元，目前已形成汽车制造、新型显示、绿色能源、新材料、美妆大健康五大千亿级产业集群，以及集成电路、生物医药、高端装备三大500亿级产业集群，工业总产值超8630亿元，工业总产值约占全市近四成。

仅广州开发区的发源地西区已经集聚企业超过3500家，2022年规模以上企业554家，形成了精细化工、食品饮料两大支柱产业集群和新一代信息技术、生物医药、智能制造等新兴产业集群。以宝洁、安利、百事、美赞臣等为代表的世界500强在西区累计投资企业77家，经贸关系涉及美国、德国、日本、韩国等32个国家和地区。西区所在的夏港街也是开发区跨国企业500强最集中的街道。2023年，西区开始二次创业，实施西区振兴计划，准备用三年时间，重回巅峰，建成"老城市新活力"的典型案例。

风劲正是扬帆时，策马扬鞭自奋蹄。

近年来，广州开发区坚持"制造业当家"，将营商水平作为头号工程，强化知识城、科学城、海丝城、生物岛——"三城一岛"战略平台联动发展，以活力之变，成就政府高效服务的"开发区速度"，以科创之变助力中小企业创造"开发区奇迹"，以动能之变打造"四梁八柱"的"开发区引擎"，以开放之变打开扩大"朋友圈"的"开发区格局"，以能级之变探索推动产城融合的"开发区模式"，以环境之变展现推进乡村振兴战略的"开发区范例",以品质之变传递以人民为中心的"开发区温度"。

栉风沐雨,手胼足胝。建区四十年,奋斗是开发区最美的背影,踏上新征程,奋斗依然是开发区前行的最美姿态。昔日的海上丝绸之路发祥地、近现代民主革命策源地,正昂首阔步行进在高质量发展的道路上,这颗闪闪发光的"湾顶明珠",一定会发出更加耀眼的光辉。

第二章

你努力的样子,让企业很感动

"水深鱼极乐,林茂鸟知归。"对一个地区的发展而言,营商环境具有决定性作用,哪里的营商环境好、服务质量高,人才就会向哪里集聚,企业就会在哪里扎根。

在广州开发区采访期间,我有很多感受,其中,最大的感受是"暖"。在这里,我听到了许许多多温暖的故事,在这些故事里,开发区扮演着不同的角色,有时候是贴心的服务员,有时候是热心的红娘,有时候是知心的大姐,更多的时候是最坚强的后盾……"无事不扰,有呼必应""企业吹哨、部门报到",24小时全天候服务,开发区管委会尽最大的努力为企业服务,为企业排忧解难。

时代在变,"一切为了企业,一切为了投资者"的服务理念从未改变。比如,安利注册的时候,还没有地址,注册地址用的是管委会的一间办公室。比如,为了企业的发展,开发区的领导经常去北京出差,有一个领导去北京帮助企业协调工作,协调好后,马上返回广州,刚下飞机,就接到电话,说还有问题要处理,立马又买了机票,飞回了北京。又比如,有一位领导为了企业的事,去某部委汇报,约了晚上8点见面,到了楼下,他打部委领导的电话一直没打通。当时,北京已经入秋,晚上寒气逼人,他冷得直哆嗦,但一直没有放弃,一直到凌晨1点多,才和那位领导联系上,原来对方在加班改文稿没听到电话,得知他在冷风中等待了几个小时,非常感动。

21世纪初,受国家宏观调控影响,进口钢材受限,日资企业太平洋马口铁公司的原材料供应不足,生产经营受到影响,开发区管委会积极帮助其争取进口配额,解了燃眉之急。

2004年,区内企业用电需求增加,电力供应量短时间难以满足,只能实行错峰用电,区内大多数企业都面临生产受影响的威胁。开发区管委会积极想办法,按企业所需,协调省市供电部门,及时为企业申办用电指标,全区没有一家企业的生产经营因电力问题受到影响。

为了让区内的企业之间擦出火花,每年组织多次"手拉手"产业链对接活动,不管是知名跨国企业,还是民营中小企业,同台亮相、公平竞争、洽谈合作。2015年,明珞装备独立研发的第三代多车型共线柔性总拼系统,以柔性、智能、高效等综合优势,在产业链对接活动中获得广汽本田等企业青睐,打破了白车身关键装备被国外企业垄断的局面。

2018年,方邦电子在IPO(首次公开募股)过程中,遭到日本同行企业的恶意诉讼，广州开发区多个部门伸出援手；对于上市准备过程中可能产生的税务风险，区税务部门提供了全流程跟踪的"孵化式"服务。

2021年，广州禾信质谱产业化基地项目进入工程收尾阶段。然而，就在这时，他们发现，门牌号还没办下来！没有门牌号，贷款就办不下来。贷款办不下来，整个项目进度就会慢下来。而按照正常流程，办理门牌号至少需要1个月。关键时刻，区企业筹建服务局（原区民营经济和企业服务局）出马了。该局迅速联络相关部门，启动了"信任审批"。仅仅用了一周时间，门牌号就办下来了。这不是广州开发区只为该项目而破例，而是一项经过实践证明行之有效的新型审批模式。

开发区主动关心企业，及时解决企业发展过程中遇到的困难。2021年3月，开发区企业家创新创业服务中心成立，为企业家创业之路中的各个环节提供上门服务。每周都会调研走访区内瞪羚企业、领军人才企业家，围绕企业生产经营、科研进展、人才及团队组建，就企业目前存在的问题和困难等展开深入交流。

广州芯德通信科技股份有限公司（下称"芯德科技"）董事长兼总经理陈总就是服务的受益者。2021年，服务中心在调研走访的过程中，发现芯德科技在某个产品组件的生产采购上遇到了困难。了解到企业的需求后，服务中心马上行动起来，通过匹配资源发现，区内另一家企业光为科技正好拥有相关的产品和技术。最终，服务中心牵线搭桥，畅通渠道，让两家原本互不相识的企业产生了业务往来，企业的问题也迎刃而解。

开发区行政效率之高效、服务态度之热情，让企业颇感意外。此前，有关部门在规划时按惯常做法建设了一条绿化带，刚好挡住了珍宝巴士大观公交站场的出入口，造成了诸多不便。当天上午，企业向政府反映了相关问题，下午就有一个主管工作的副局长现场调研。

"中国内地的投资环境，我相信如果广州开发区说第二，没有人敢说第一。"麦普数码董事长回忆企业筹办经历时表示，刚买下麦普数码科技园生产基地用地时，那块地，野草都有一两米高，公司的发展得益于政府部门"有呼必应"的服务能力和快速反馈的响应机制。

好的营商环境对企业而言，就像阳光、水和空气，须臾不能缺失。广州开发区很好地处理了政府与市场的关系，发挥市场在资源配置中的决定性作用，尊重民营企业，尊重企业的首创精神，为企业提供最放心、最安心、最舒心的服务，营商环境指数连续多年稳居全国经开区第一，优良的营商环境已经成为开发区的一张亮丽名片。

"以诚感人者，人亦诚而应。"真诚是打开他人心灵之门的唯一钥匙，也是广州开发区营商环境中最核心、最打动人的部分。

1. 要饮就饮"头啖汤"

回首来时路,郁郁满芳华。

广州开发区四十年的发展历程,其实就是一条营商环境的进阶之路。为了给投资者不一样的感觉,创立之初,开发区的开拓者们就破除体制的藩篱,以壮士断腕的勇气,勇当改革的试验田,营造良好的投资环境,让企业引得进、留得住、办得好。

开发区是中国对外开放的重要窗口,也是展示中国形象的重要窗口。有一位著名的公共关系专家曾说过,在国际交往中,形象是一种效益,形象是一种宣传,形象是一种教养,形象是一种服务。广州开发区是从引进外资起步的,服务外商,就必须与国际接轨,而要与国际接轨,国际化的礼仪是必不可少的。

改变要从一次有些狼狈的自助餐说起。开发区奠基典礼那天的午餐招待会,是请广州酒家的师傅做的,这是开发区的第一次大型聚餐,也是广州地区第一次举办的自助餐会。一楼是开发区工作人员的就餐区,二楼是领导和境外嘉宾的就餐区。对于今天的人们来说,自助餐早已稀松平常,但对四十年前的人来说,完全不是这么回事。大家都没吃过自助餐,根本不知道有什么用餐规矩。大家一哄而上,有的拿着筷碗站在长桌边,脚下像生了根似的,边吃边夹,悠然自得,后面的人见前面的队伍不往前移动,急得直跺脚,为了不饿肚子,只好见缝插针,把筷子塞进人缝,哪里有空就往哪里钻。还有的人,性子很急,直接把菜倒进自己的大盘子里。正所谓"八仙过海,各显神通",你推我操,场面混乱,让人不忍直视。而在二楼,大家井然有序,彬彬有礼,与一楼的混乱形成了强烈的反差。这一次自助餐,让开发区的领导意识到,与国际接轨,不能光凭一腔热情,还要做方方面面的功课,尤其在涉外礼仪教育方面,大家都需要好好补一补课。

知不足而后进,望山远而力行。为了规范工作人员行为方式,开发区当时甚至制定了一本《广州经济技术开发区干部必读手册》,写的都是非常具体的细节,指导怎么打电话、怎么穿衣戴帽,怎么吃自助餐、怎么吃西餐、怎么迎来送往等。有些内容简直细致到了"入微"的程度。比如,你在会客室想吸烟,应先询问客人。凡是到开发区工作的人员,都必须有三个月的岗前培训。培训的作用是立竿见影的:以前,大家接到电话,随口就说"喂,你找谁",经过学习,大家会说"你好,我是开发区"。一个小小的细节,便可以传递开发区的服务精神,拉近了彼此之间的距离,让外商获得更好的体验。

礼仪教育成效显著,从此以后,每次举行签约仪式,男士都身着白衬衫、黑西裤,打着领带,精神抖擞,女士大多化淡妆、穿套裙,风姿绰约,成了一道亮丽的风景。

当时,还没有营商环境这个说法,而叫投资环境。开发区提出"人人都是投资环境,处处都是区域形象",为了防止哪个部门"门难进、脸难看、事难办",当时,开发区专门开通了"主任热线电话",并设立"企业投诉信箱"。处罚也相当严格,被基层和外商投诉三次者马上就地免职。

有位外商曾说："广州开发区比较干净。这干净不仅是环境清洁，同时是指没有乱收费，官员比较廉洁。"

都说细节决定成败。在招商过程中，开发区的开拓者们举大不遗细，力求做好每一个细节。

为了更好地对外招商，开发区的领导按照见过的名片的形式、大小"依样画葫芦"，写上"广州经济技术开发区筹备领导小组办公室"，加上英文缩写"GETDD"，这也是广州的公务员中最早印制的名片。

为了让客人有宾至如归的感觉，开发区还专门装修了两个接待室，一个是欧式风格，一个是日式风格。

曾在开发区管委会企业管理室工作的一位领导曾写下这样两件有趣的小事。

其中一件是连夜写章程的故事——

1989年，新樱公司的董事长林老先生，拄着拐杖来到开发区投资办企业。按规定，办企业要有公司章程办理工商登记。当时的台资企业投资要绕道香港，这老先生跑来跑去也很辛苦，章程也没写好。当时的开发区副主任对我说："这个章程让你写了，明天交稿。"随后，我们一行人加班忙了一晚上，天亮前完成了任务。之后，公司就拿着这份章程顺利办理了工商登记。这家企业办得很成功，该公司初期是生产闹钟销往日本等地，除此之外，企业后来发展到替广本、丰田生产汽车刹车油管等配套产品。

另一件是礼轻情意重的故事——

三菱是开发区的日资企业，生产压缩机。这家工厂派人来开发区考察时，我和经济发展局的人陪着他们的工程技术人员在东江边选址。之前，外方提出厂址的填土要达到他们指定的标高。为了体现诚意，开发区赶忙派了泥头车去填土。企业的两个考察人员到了现场之后，看得非常认真，其中一个工程技术人员还走到填土区的中央去，实地检查填的土是否硬实。新填的土很泥泞，没想到这个工程技术人员一脚踩下去，力气用得大了些，脚就陷了下去，往上一拔，脚是出来了，但鞋没了。我赶紧叫同行的同志到开发区中利鞋厂拿了一双新鞋，买双袜子过来。因为鞋厂就在旁边，鞋子很快拿过来了。这位技术人员既高兴又感动。我对他说，一双鞋子不值钱，但体现了我们的诚意。后来，这家企业落户在开发区，现在发展得很好，成为一家骨干企业。

　　信守承诺，是一种美德，也是营商环境的重要组成部分。宝洁是开发区建设初期的税收大户，经济效益好，确保它的正常生产是开发区的重要任务。在引进该项目时有一个承诺就是要保证正常供电，不能随便停电。有一天，宝洁老板打电话到开发区管委会，说不知何故，突然停电了。原因很快查明，原来外部施工挖穿电缆，影响到宝洁停电。为了实现诺言，开发区管委会毫不犹豫地拨款搞双回路供电，通过投资建设备供线路，从根本上提高宝洁的供电可靠性，避免再次出现突然停电。

　　开发区的开拓者们深知，法治是最好的营商环境。从建区开始，开发区就提出了"依法治区，立法先行"的口号。不仅让投资者如沐春风，也要让投资者无后顾之忧，这样，才能让开发区的各项事业行稳致远。

1987年2月施行的《广州经济技术开发区条例》，是全国第一部关于经济功能区的地方性法规，是中国沿海城市开发区中内容最详尽、条款最具体、文字最规范、体例最严谨的一部"基本法"。这个条例，设立了中英文版。当时，一些外商听到广州开发区颁布了法规后，纷纷到此洽谈项目，认为在广州开发区投资有法律保障。

这个条例的出台是十分不易的，前后共修改了7次，大大小小的论证会开了5次。

难在哪里呢？

一方面，因为条例涉及同市各个部门的利益关系和权力分配，涉及广州市土地、规划、工商、税收、技术引进等各个领域以及这些领域的管理部门，要一个个地去谈。

另一方面，还要与国家有关部门沟通。比如，条例中有一条规定：广州市所属企业参加投资的开发区内联生产性企业，由企业申请，经开发区税务部门批准，可减按15%的税率缴纳企业所得税。这个内容国家没有规定，国家强调引进外资，外资可享受15%优惠税率，但内资企业享受15%优惠，国家原则上是不同意的。后来，开发区给广州市政府写了一份立法说明，就把问题解决了。这一突破，让全国各开发区纷纷仿效，加速了各地开发区的发展。

《广州经济技术开发区条例》让开发区的各项工作有据可依，最大限度地保障了投资者的利益，给他们吃下了一颗"定心丸",让他们安安心心地投资兴业。

建区之初,开发区有一个十分突出的矛盾:一方面拥有大量的土地资源,另一方面却大量缺乏建设资金。当时法国的魏特勒公司准备在开发区包片开发,并花费了16万美元请了英国最著名的评估公司对在开发区投资成片开发进行了可行性研究。由于当时中国土地有偿使用的法规还未制定出台,结果他们的结论是不可行的,因此放弃了在开发区包片开发建设的打算。开发区的领导们认识到必须从制度上进行改革,将土地使用权有偿转让确定下来。

1988年3月9日,广州市政府出台《广州经济技术开发区土地使用权有偿出让和转让办法》,为开发区处置土地使用权方面提供了法治保障。开发区管委会掌握土地一级市场,并按用地性质分类管理;放开二级市场,进行了土地向外商转让和成片开发的探索。该办法出台后不久,广州开发区首次公开招标出让十宗工业用地,面积共计约32万平方米,这是全国第一块工业用地使用权有偿出让的案例。土地成为商品,这样就搭建了广州开发区巨大的融资平台,在国家没有多少原始资本投入的背景下,从根本上解决了广州开发区起步的资金来源。

敢饮"头啖汤",敢为天下先。广州开发区又一次成为全国开发区制度创新的标兵。

一系列先行先试的政策在广州开发区的发展历程中发挥了巨大的作用,因为,外商投资者首先看中的是保障,其次才是便捷、舒心。

时任台一铜业董事长带着股东重托的3000万美元到祖国投资，光选点就跑遍全国20个城市的20个开发区，最后选择了广州开发区。"我之所以选择这里，是因为开发区的人每说一件事，都会拿出一个规章制度给我看。我心想，这个地方能不靠谱吗？"他表示，在开发区这笔钱至少不会打水漂，无论赚不赚钱，最起码投资权有保障。

这不是一个人的心声，而是所有投资者的心声。

2. 为有源头活水来

招商引资是经济发展的"源头活水"，开发区是由一个个项目聚合而成的，今天的项目总量就是明天的经济总量，今天的投资结构就是明天的产业结构。没有项目，开发区就是个空壳；没有新项目，开发区就没有发展；没有大项目，开发区就没有实力；没有好项目，开发区就没有未来。

因此，从创业初期开始，广州开发区就把招商当成发展的生命线，当成头等大事来抓。

那个时候，开发区人连做梦都在想着招商工作，几乎到了痴迷的程度，有一位外商曾这样生动地形容他们的工作状态："嘴巴吃着一个，手里抓着一个，眼里盯着一个，心里想着一个。"

与国际接轨的投资环境，热情似火的开发区人，还有整洁美丽的工厂，给所有到访者留下了深刻的印象。

美国驻广州总领事馆到开发区西区考察时惊讶道:"这里的花园工厂竟比美国的还漂亮。"随后,主动牵头动员宝洁、安利、箭牌等彼时的500强外资到开发区投资兴业。

1985年,美国宝洁公司花了100万美元,开始对中国市场进行长达3年的调查。1988年,被这个初生的巨大市场所深深吸引,宝洁做出了投资中国的决策。

投资谈判中,宝洁提出,作为合资方的广州开发区,以后不可以同宝洁的竞争对手再合作。

这意味着广州开发区不能再引入其他同类企业。

这是开发区不能接受的,谈判进入胶着状态。

直到开发区的谈判代表说了一句笑话:"我正在和你谈恋爱,你说我就不能和别人来往吗?就算我们结婚了,我出去和人跳舞、喝咖啡,也不行吗?"

这个美式的幽默,逗得大家哈哈大笑。宝洁也就不再坚持这个条件了。

合作非常成功。1988年,第一瓶海飞丝洗发水面市。几年内,通过电视广告和销售网络,宝洁公司占据了中国同类产品销量的半壁江山。1995年,美国原商务部长来开发区宝洁考察时,就称赞广州宝洁公司是美国在中国办得最成功的企业。

同样在1988年,美国安利大中华区前CEO(首席执行官)郑李锦芬,身着大方、素雅的西式裙装前往开发区,本来只是为投资建厂探个路。

当时开发区没通公交车,郑李锦芬女士打了一辆路边摩托,颤巍巍地侧身坐在驾驶员身后,一路颠簸来到开发区。她听到了令人惊喜的答复:"我们能为你提供任何服务,有什么困难,我们为你解决。"

相比其他地区的官员只关注投资金额与招工人数,祖籍广州的郑李锦芬,在家乡的土地上感受到一股强劲的改革开放之风。

安利的项目来之不易,因为经营模式的原因,当时颇费了一些周折。

负责谈判的一位老领导回忆:

谈判从1990年谈到1992年。第一次同安利的见面是在泮溪酒家,开发区宜发公司作为合作者参加了项目的谈判,安利公司采取与中方合作的组织形式,避开了独资企业外销比例的限制,中方不参与管理,只提供咨询服务。合同是我参与写的,吸取了我们以前引进企业的经验教训,采取土地作价投入,占第一期注册资金的5%股份,不采取按比例分红的办法,中方4年收回连本带息的投资,以后每年按通胀比例调整固定金额分红。这些条款很快就达成一致意见,但足足拖了三年才最终签约。当时一般项目的谈判主要是谈外汇平衡、外销比例、土地价格等问题,而安利项目的焦点是给不给直销(当时叫传销,1998年后禁止了)。

我们建议安利在营业执照上也写批发零售,他们说不行,一定要写上"传销"。1992年春,我陪同几位领导到美国安利考察,增强了同该企业合作的信心,但他们还是要坚持"传销"。回来后,广州市工商局行政管理局长请示了当时的国家工商局行政管理局长,得到的答复是可以搞试点。安利公司成为中国第一个在营业执照上写上"多层次传销"的企业。

后来,安利公司和宝洁公司成为开发区的利税大户,也让广州开发区声名大振。

正所谓,大招商大发展、小招商小发展、没招商没发展。良好的投资环境,世界500强大项目的落地,让广州开发区声名鹊起,一时间,客似云来,门庭若市。在面对越来越多的投资者时,限于政府人员编制,不可能有太多的精力去主动招商,也没法随时解答投资者提出的问题。

为了进一步做好招商工作,1993年,开发区创新招商引资体制,把招商引资作为一个产业来做。制定出《关于加强和扶持各直属总公司招商引资工作的决定》,并对开发区直属总公司设立了招商引荐奖,奖项设金牌、银牌、铜牌,合同引进外资一亿美元以上,实际利用外资6000万美元以上,奖励现金8万元。同时发布《关于对部分企事业单位适用扶持金的通知》《广州经济技术开发区与经济综合管理部门合作招商的规定》《广州经济技术开发区鼓励广州地区企业易地改造的试行办法》等一系列鼓励招商引资的文件。政策相继出台,逐步形成贴近市场的一系列激励机制。这些政策和机制调动了总公司的积极性,引导招商引资逐步向产业化、规范化方向发展。开发区的招商队伍从原来20多人发展到100多人。不少总公司将招商引资作为产业来抓,成立了专门的招商引资工作部门,服务档次和质量很高;招商工作内容不再局限于简单的洽谈和协助办理审批程序,而是逐步延伸到协助项目筹建、投产及经营过程的后续服务等全过程。

重赏之下必有勇夫。

招商引资"产业化"的建立，极大地推动了开发区招商引资工作的发展。1993年合同利用外资是1.7亿美元，实际利用外资0.726亿美元；1994年合同利用外资达到了4.3亿美元，实际利用外资1.64亿美元；1995年合同利用外资3.7亿美元，实际利用外资更是达到了4.68亿美元（接近建区前10年的总和）。同时，在开发区实施的"招商引资产业化"机制的引导下，招商引资在工作理念、工作规范、工作程序等方面开始与国际接轨，培养出一支廉洁、专业、高效的"正规军"。

开发区人还总结出"五个依托"的招商策略，即：依托省、市工业主管部门和行业主管协助招商，依托外商以商招商，依托社会力量、中介机构引荐招商，依托海外咨询机构、驻外使领馆招商，依托电子信息网络招商。

这个多管齐下的招商策略，结出了累累硕果。

比如1998年，日本住友商事株式会社与广州开发区兴办了住友电钢线制品（广州）有限公司，经过半年运作，就建成了一个投资1200万美元的企业，形成区内著名的"住友速度""住友效应"。后来，开发区住友商事株式会社为我们在日本东京举办招商会，使日本旭友化工有限公司、广重精工有限公司、住轻金属制品有限公司等项目先后在广州开发区落户。

招商产业化，也造就了诸多专业的招商企业。广州宏扬投资顾问有限公司就是一家专业的招商企业，成立二十多年为开发区引进多家世界500强企业及知名跨国企业，如德国汉高，美国杜邦、德尔福、普莱克斯，英国富士乐，瑞士西卡，法国合生元，日本的昭和、三叶、恩梯恩，中国台湾地区的宏仁集团、康师傅等，为开发区创造了巨大的经济效益和社会效益。

当时，招商界流行着一句话："广州开发区盯上的项目，基本上都跑不掉。"早在20世纪90年代，广州开发区的招商团队每个人都能用英语洽谈，外商很吃惊，他们走遍全中国，都没见到这样的团队。除了专业性之外，开发区把细节也做到了极致。比如，在引进光宝科技园项目的过程中，开发区提供了五星级的服务：黄女士在谈判过程中高度紧张，会后希望放松一下，开发区领导马上安排；大家议论在台湾热播的大陆连续剧《雍正王朝》，客人临走时，就送上一套VCD碟；负责人力资源的李先生对唐诗很有研究，开发区领导找一位有古诗功底的老同志与之交流。2000年5月23日，广州开发区管委会、台湾光宝集团《光宝（广州）科技园投资协议书》在管委会大楼810室签字，历时两年多的引进洽谈终于落下帷幕。

2003年是一个土地整顿年，国家出台了一系列政策。政策变了，粗放型的发展思路必须转变，广州开发区的招商从主要依靠优惠政策吸引投资者向依靠综合投资环境吸引投资者转变，提出"用世界一流的环境吸引世界一流的企业"。

以提高吸引外资质量为主，以发展现代制造业为主，以优化出口结构为主，致力于发展高新技术产业，致力于发展高附加值服务业，促进国家级经济技术开发区向多功能综合性产业区发展。

得益于良好的营商环境，很多企业在这里安营扎寨，枝繁叶茂。

从1995年至今，光学巨头蔡司在广州开发区共投资了六家法人单位，产能超过了蔡司全球产能的40%。蔡司光学中国区总裁彭总表示："投资界有一句名言——不要把所有的鸡蛋放进一个篮子。而蔡司光学持续在广州进行投资，是因为我们不认为广州是一个'篮子'，而是一个'保险柜'，这里是一片能让企业有序、健康发展的天地。"

2023年3月，安利广州生产基地增资扩产提质增效项目启动暨安利研发中心及大健康共享平台合作协议签约仪式在广州开发区举行。安利（中国）日用品有限公司宣布新增6亿元投资，对广州生产基地进行全面升级改造，这已是其第10次在开发区增资扩产了。

美国宝洁、日本松下、德国西门子、玛氏箭牌等老牌外资企业也不断落子新项目，加大在广州开发区的投资力度。

粤芯半导体三期项目是2022年广州市最大的新建产业项目。短短四年，粤芯建厂以来累计出货突破80万片，从一个新项目迅速成长为百亿级超级独角兽。为了让粤芯这头独角兽尽情奔跑，开发区加快建设6.6平方公里的湾区半导体产业园，集聚上下游企业超120家。粤芯四期项目也已于2023年8月被列入国家"十四五"集成电路产业重点项目库清单。

奥动新能源是新能源汽车换电技术研发及换电站运营服务赛道独角兽，拥有超过1600项全球换电专利技术。区内广开控股联合广州金融控股集团有限公司,以股权投资的形式投资6亿元,打造奥动新能源总部项目,助力奥动新能源在区内打造新能源汽车产业集群。

广东粤港澳大湾区国家纳米科技创新研究院成立以来,以"中国纳米谷"为发展主阵地,积极承接并转化国内外最新纳米科技成果,孵化一批高科技创新企业,培育纳米产业集群,成立了包括广东广纳芯科技有限公司、广东广纳新材料有限公司、中科稀土(广州)科技有限责任公司等在内的14家公司。

视源电子是该区本土培育的企业,目前已在区内建设企业总部及3家制造工厂。经过10余年发展,视源在液晶显示主控板卡领域市场份额全球第一。全球每3台电视机中,就有1台在使用视源电子研发生产的板卡。目前,视源电子孵化了10余家企业,均在区内得到有效推进或落地。

招商的升级与工业的升级是相对应的:招商1.0的关键词是廉价要素,最吸引企业的是土地、劳动力、优惠政策;招商2.0的关键词是大市场,最吸引企业的是巨大的潜在消费市场。招商3.0的关键词是资本,资金密集,吸引大公司;招商4.0的关键词是人才团队,以人才为中心。优秀人才背后,是巨大的产业链和人才链,可以为一个地区的发展提供源源不断的动力。

广州开发区顺势而变,借势而进,通过吸引领军人才、前沿技术、聚焦核心产业、推送市场资源、优化融资模式,实现政府向"项目策划者、资源整合者、市场推送者、专业服务者"的转变,国际投资形象深入人心,吸引了五湖四海的优质企业和卓越人才。

3. 开发区真的"不一样"

如果用一句话来形容广州开发区，我想说："这是一个来了就舍不得走的地方。"因为这里真的和其他地方不一样。

建区之初，开发区的开拓者们就树立了管理就是服务的观念，提出要以"简政、高效、亲商、务实"为座右铭，这在当时是一件很不简单的事情，放在今天来看，依然没有过时。

早在1993年，广州开发区继续坚持敢为人先、敢闯敢试精神，率先在全国开发区进行了管理体制机制创新，先后开展了机关事业单位、国有企业改革，按照"精简、统一、效能"的管理理念，将开发区党委办公室和管委会办公室，开发区纪律检查委员会和监察、审计局，组织部和劳动人事局，宣传部和教育局，开发区党校和教育培训中心进行了合并。改革后的开发区党委、管委会机关部、局、办由16个精减为11个。

开发区的"大部门体制"打破了按行业、按"条条"、按"上下对口"的机构设置模式，代之以职能组合为方法，以"宽职能、少机构"为标准，把职能相同或相近的部门进行整合，归口一个部门管理，实行一个部门多块牌子一套管理人马，从而减少机构数量，理顺职能关系，避免职能交叉。由于编制减少了，所有的部门都是一人多岗，工作扯皮明显减少，工作节奏明显加快，工作效率明显提高，也有效地杜绝了政府花钱养闲人的现象。

除此之外，在此次机构改革中，国有企业取消了行政级别，企业领导实施"目标责任年薪制"、员工实行合同制,彻底打破了"大锅饭",提高了人的积极性。

为推行目标管理责任制,开发区不断强化投资服务,实行黄牌警告制。

这一轮改革,培育了一批从事开发区建设与发展的人才队伍,初步实现了与国际市场接轨,增强了对内外资项目的吸引力,促使广州开发区向集约化、规范化和国际化发展。

1997至1999年连续三年中,开发区分别举行了"我与投资环境""我就是投资环境"和"我为投资环境做实事"三次重大的投资环境整改活动,使得投资环境的理念深入人心,变成了开发区发展的精神支柱,极大地推动了开发区的经济发展。

为了给投资者提供更优质的服务,广州开发区吸收借鉴国际先进质量管理模式,在全区机关推行ISO9001国际质量管理标准。从2002年10月到2004年底,分三批在行使行政管理职能的机关各部门和事业单位（含街道）推进了ISO9001贯标工作,在具有地方一级政府权限和职能的开发区全面建立了行政管理的质量管理体系,并在全国开发区中率先通过了两家国际权威机构的ISO9001认证,优化了办事程序,提高了办事效率。这项工作,让投资者感到开发区行政管理与外资企业的内部管理理念是一致的,是相通的,因而产生认同感、归属感。随后,开发区深入推进ISO14000环境质量管理体系,用国际管理标准,进行环境建设和管理。

2017年以来,机构改革更是亮点频频,通过进一步推进广州开发区与黄埔区产城融合、协调发展、提升效能,优化设立了

"深度融合、职责全覆盖、一体化运作"的管理模式，充分发挥了行政区和功能区优化协同高效的体制机制优势。一是组建由区主要领导担任双组长的区全面优化营商环境领导小组，并成立工作专班，进一步加强营商环境改革工作的组织领导和统筹协调，推动各项改革任务落实落细；二是在行政区与功能区融合互动发展的制度框架下，设立广东省首个行政审批局，实现企业投资建设项目"一枚印章管审批"；三是优化设立全国首个民营经济和企业服务局，专门破解企业"落地难"瓶颈问题；四是率先成立北上广深四个特大城市中首个营商环境改革局，统筹推进及监督全区营商环境改革工作；五是全国唯一单设区级知识产权局，专司知识产权综合改革。

审批问题，一直是企业最头疼的问题。企业办事最怕的是指引不清晰，不同部门的收件标准不同，报批的材料叠床架屋，整体的审批时限不断拉长。针对这一实际问题，广州开发区将涉及多个部门的行政审批，归并到统一部门行使，免去企业来回奔波之苦。

用一句话简单概括，就是"一集中，两分离"。

"一集中"，是审批权限集中，行政审批局集中承接8个部门的38项行政审批职能，跳出单个事项办理时限不断压缩的"碎片化"改革思维，实施全流程深度重构、强力瘦身，破除部门间互为前置、资料重复提交等弊端。企业从取得土地到竣工验收，只进一扇门，只盖一个章，一次就搞定。

"两分离"，一是事前审批与事中事后监管相分离，加强事中事后监管，有效避免集中审批带来的风险；二是推动行政审批与技术审查相分离，大幅压减三分之一审批时间，给行政审批改革插上腾飞的翅膀。

营商环境没有最好，只有更好。广州开发区从流程最优、材料最简、成本最低、时间最短四个方面，提高审批效率，被评为"企业家幸福感最强区"。

2017年3月10日，世界500强全球汽配巨头麦格纳集团与广汽集团零部件有限公司联手投资，设立广州卡斯马汽车系统项目，落户丰乐北产业园，建设目标指向华南地区最具竞争力的专业汽车零部件供应商之一。卡斯马国际总经理陈总回忆道："我们很赶时间，一定要在当年国庆节完成生产线整体搬迁、调试，否则就赶不上给下游企业供货。结果只用一天时间，公司就完成了工商注册登记手续，这是难以置信的速度。"

"政策兑现"也是开发区的一大品牌。

广州开发区政务服务中心特别开设了"政策兑现"专窗；在专窗旁还设有政策兑现查询机，哪个企业可以享受政府发送的哪个福利大红包，一查便知。如有疑问，自助机器还能智能答疑解惑。

广州开发区"政策兑现"专窗从2016年4月正式运行。640个扶持事项，一口受理、内部流转、集成服务、限时办结，所有奖励扶持事项最长兑现时限不超过34个工作日。

广州开发区率先在工业及仓储项目开展相对集中行政许可权试点，将企业投资建设涉及的立项、规划、建设、环保、市政、绿化、人防、招投标8个领域38个审批事项全部交由区行政审批局统一办理。

区行政审批局会提前给予企业全流程、全链条、多专业辅导，并根据不同企业量身定制审批流程，给出一张清晰的"处方"，办事人员按方抓药，到"一窗式综合受理区"办理业务就行了。

"一窗式综合受理区"也是广州开发区政务服务方式创新之处：简化企业注册登记，只盖一枚公章；"前台综合受理、后台分类审批、窗口统一出件"集成服务。

在审批过程中，广州开发区行政审批局实行了并联审批、信任审批，提升审批效率；还免费提供十项服务，帮助企业减负。

为了减少审批环节，广州开发区根据需要灵活使用"并联审批"做法，让多个审批环节同步进行，做到审批过程"无缝衔接"，最大限度地压缩了审批时限。

比如，广州智光科技有限公司是广州开发区的重点招商引资项目。行政审批局首次将"占用、挖掘城市道路""砍伐、迁移、修剪树木""因城乡建设临时占用城市绿地"具有先后次序的三个行政许可事项进行了并联审批，仅用2个工作日便完成了审批工作。

该局工作人员还积极跟进了现场的后续实施，实现了"三事项联审"与"现场实施"的无缝衔接。原本需要近一个月才能完成的绿化迁移、路口开设等，在一周内便轻松完成。

证明文件一时未到手、该加盖公章的地方不小心漏盖……一个筹建项目需要的材料太多，总会存在瑕疵，这也是办事效率低的根源。在广州开发区，如果材料不齐全，还有补交机制！这就是"信任审批制"，对不直接涉及公共安全、生态环境保护、人身健康以及生命财产安全，通过事中事后监管能够有效避免信任审批风险的事项，实行信任审批。

比如，在归谷科技园A1、A2栋及地下室施工许可办理过程中，申请单位没有及时提交符合要求的资金证明，通过提交承诺书，承诺在领取施工许可证前提交，行政审批局通过信任审批，先行为其受理办理了施工许可证的审批。

在2016年开始发票免费邮寄的基础上，2019年1月1日起，开发区正式推出"减税降费"重磅措施，在全省率先创建企业开办"无费区"。企业在开办时，还将享受到免费邮寄营业执照、免费复印材料、免费公告相关声明、免费刻制公章四大免费项目。此举措预计每年将为区内企业节省费用约1100万元。

百济神州是从事抗肿瘤新药开发和商业化的中国创新企业，也是首个赴美上市的中国创新型生物医药企业，2017年落户广州开发区。公司高级副总裁刘博士坦言，从生物医药的角度来看，当时广州并非这个产业的发展高地。他们在选择建厂时，也曾经考察过别的地方。但是最终选择在开发区落户，与开发区的政策有很大的关系。这里说的"政策"，并不是土地、税收等物质方面的支持，而是政府的服务和支持。他记得，在项目开建的时候，至少需要协调20个部门来完成项目的审批，如果一个部门一个部门地跑，既耗费精力，又耗费时间。没想到，开发区竟然组织了这二十多个部门带着章子，到项目现场，一天之内就把相关的审批程序给走完了。这充分说明开发区政府是一个服务型的政府，能为企业做好服务，能为企业排忧解难。

为了让政府更加精准地掌握企业发展中的急难愁盼问题，进一步拓宽政企沟通渠道，更加精准优化营商环境，2019年8月，广州开发区率先在全省建立营商环境观察员制度，通过择优选聘专业人员作为观察员对广州开发区营商环境建设随时提出意见和建议，有效畅通政企沟通渠道，增强企业参与营商环境建设的积极性与获得感。

开发区组织观察员举办中小微企业融资、企业筹建、工业项目审批等不同园区或街道专题座谈会和"吐槽大会"共16期，收集意见建议230余项。观察员充分发挥政府与企业之间"桥梁"和"纽带"作用，用"放大镜""显微镜""透视镜"观察分析所在行业发展的瓶颈、体制机制性等深层次问题。其中，观察员提出的"出台集成电路专项政策""制定政策时兼顾新旧企业""建立数据共享机制""完善交通配套设施"等建议，对全区优化细化产业政策、强化数据共享等工作具有高质量的参考价值，区域各项重大政策制定更接市场地气，更符合企业需求，营商环境不断优化。

改革是开发区人刻在骨子里、融在血液里的强大基因，四十年来，广州开发区始终高举改革的大旗，勇于面对挑战，紧抓历史的机遇，创造性地开展工作，交出了一份份亮眼的时代答卷。

4. 政策是根神奇的指挥棒

从广州黄埔老港海关码头东门出来，即进入扩建一新的双向八车道丰乐南路。从这里出发，一路向北，可畅达广州科学城、中新广州知识城，最终直抵黄埔北部与白云区交界处。这条道路名叫创新大道。

之所以为这条道路取名"创新"，是因为，创新是广州开发区成功的法宝之一，早在建区之初，管委会就提出"新事新办、特事特办、立场不变、方法全新"的工作思路，四十年来，它为开发区的飞速发展提供了澎湃动力。

政府为什么要创新？政府创新有什么好处？

我在美国著名的创新理论学家亨利·埃茨科威兹的著作中找到了明确的答案，他曾提出著名的三螺旋理论。他认为，区域创新依赖于大学、企业、政府三边互动，不强调谁是唯一的创新主体，大学—企业—政府三方都可以是创新的组织者、主体和参与者。无论以哪一方为主，最终都是要形成动态三螺旋，推动各种创新活动的深入开展。在这个过程中，三方各自起独特的作用，但又和谐地相互作用、协同创新，形成共同发展的势头，打造区域经济与社会发展的繁荣景象。

创新是时代的脉搏，创新驱动是发展的潮流。企业在科技领域创新，政府在制度领域创新，双轮驱动，相互赋能，良性互动，形成合力，让开发区有了奔腾不息的活力、源源不竭的动力、弯道超车的实力。

著名学者郑永年曾说:"对广州来说,办好自己的事最重要的还是深度开放。开放,这是广州的生命。实现深度开放、高质量开放,还是要靠制度建设。"

在我看来,广州开发区的政策创新主要有以下几个突出特点:

一是"暖"。政策的本质是服务,服务应该是有温度的,暖是广州开发区政策体系的底色。建区四十年来,服务的初心一直没有改变,今后也不会改变。

二是"实"。实招才有实效,实效才有实绩,开发区的制度创新玩的不是"花架子",而是直面问题,解决问题,因此收效奇佳。

三是"真"。开发区舍得投入真金白银,扶持产业,扶持人才,力度很大。比如,"人才10条"政策,对特别重大的人才项目,将采取一事一议,量身定制扶持政策,支持力度全国较大。

四是"准"。一方面,许多政策是对某一产业或某一领域量身定制的,可以让企业对号入座,目标十分精准;另一方面,政策出台的时机很准,在正确的时间做正确的事,起到了事半功倍的良效。

五是"新"。开发区是制度创新的超级"学霸",很多政策都是全国首创,体现了敢为人先、自我革新的勇气,很多经验在全国、全省推广。

六是"简"。在广州开发区,政策兑现十分便捷。尤其是免申即享服务,以前是"人找政策",现在是"政策找人"。企业无须主动申请，相关政府部门会提前将优惠政策信息与企业信息比对，自动推送短信至目标企业；企业只需点击一次确认领取，剩下的事情由政府部门完成。

七是"全"。开发区出台的政策很全，涉及政务服务、创新创业、要素供给、法治保障、对外开放等方面，不断改革探索，系统优化提升营商环境，厚植市场主体发展沃土，充分显示了开发区在制度创新领域蓬勃的创造力。

八是"合"。每一项政策都不是孤岛，而是相互联系、相互呼应的，彼此之间形成了一个完整的体系，形成了最大的合力，产生了最大的效能。

苟日新，日日新，又日新。这些政策不是一成不变的，而会根据实际情况不断地迭变、更新、完善。2018年率先加大营商环境改革力度，2019年建设省营商环境改革创新实验区；2020年全国领先后，放眼国际，对标国际先进水平深化环境改革；2021年打造"Smile"营商品牌；2022年服务市场主体，为国家营商环境创新试点探路先行；2023年聚焦产业高质量发展；2024年聚焦建设省营商环境改革试点，开发区营商环境改革经历七次迭代升级，推出超700项改革举措。

世界上没有一条道路是永远平坦的，也没有一项事业的发展会永远一帆风顺。2014年，对开发区人来说，是难忘的一年，这一年，开发区的地区生产总值首次出现个位数增长，增速为7.5%。到了2016年，开发区经济增速降至6.0%，已经低于全国、全省、全市平均水平。开发区的决策者们意识到，发展遇到了瓶颈，要想突围，必须马上转型。他们四处考察，对标先进，潜心研究，千方百计寻找破局之道。

2017年初，国务院发文首次明确地方政府可在法定范围内制定招商引资优惠政策。广州开发区在全国开发区中第一个做出反应，以最快的速度，推出"金镶玉"政策，抢抓"第一机遇"，抢占创新发展先机；强化"第一动力"，全力构建现代化产业体系战略支撑；用好"第一资源"，以高端人才和企业家决胜未来。

首先出台的是四个"黄金10条"政策——《广州市黄埔区广州开发区促进先进制造业发展办法》《广州市黄埔区广州开发区促进现代服务业发展办法》《广州市黄埔区广州开发区促进总部经济发展办法》和《广州市黄埔区广州开发区促进高新技术产业发展办法》四个产业发展政策，每个政策10条内容，一条不多，一条不少。

四个"黄金10条"，指向明确，着重从引进"高大上"、培育"高精尖"、鼓励"大增量"角度，进行重点突破、集中扶持，在短时间内形成巨大的政策红利效应。

区内存量盘活也是发展的关键，对于区内产业和企业转型升级，政府给予大力扶持，力求将存量转化为增量价值，这些政策包括转型升级奖励、资金配套奖励、企业上市奖励、产业联动发展奖励等。

高级管理人员是企业发展的重要力量，对于产业发展、企业进步贡献最大，广州开发区在国家现行法律框架下，参照兄弟开发区的做法，进行大胆的奖励。

花繁柳密处，拨得开，才是手段；风狂雨急时，立得定，方见脚跟。这套组合拳政策出台后，成效立竿见影。

当年2月27日，区内26个项目集中签约，总投资额近200亿元；3月21日，总投资22亿元的百济神州生物药项目在中新广州知识城破土动工；4月26日，广州卡斯马汽车系统项目动工。此外，国药融资租赁南方基地、中国建筑轨道交通总部、快消品销售中心、思贝克第二总部及价值创新小镇项目、绿叶生物科学集团等重大项目陆续签约。众多企业密集进区，推动了广州开发区整体招商指标的大幅度增长。

统计数据显示，仅2017年第一季度，广州开发区实际使用外资8.91亿美元，同比增长23.55%；引进内资项目1210个，同比增长2.41倍；新增内资注册资本76.51亿元，同比增长2.9倍。

为了引进人才，留住人才，用好人才，同年5月12日，广州开发区正式对外发布人才与知识产权两个"美玉10条"政策——《广州市黄埔区广州开发区聚集"黄埔人才"实施办法》和《广州市黄埔区广州开发区加强知识产权运用和保护促进办法》。

此次发布的"人才10条"内容主要包括全球纳才奖励、高端项目扶持、安居乐业工程、福利配套保障、名家名匠奖励、高端人才服务奖励、重大项目重点扶持等，主要从引进或培养高端人才、扶持人才高端项目的角度，进行重点突破和集中扶持。对特别重大的人才项目，将采取一事一议、量身定制扶持政策，支持力度较大。

"知识产权10条",旨在从知识产权运用和保护方面发力,吸引培育更多的知识产权服务机构和新兴业态来区集聚,更好地为科技创新服务,这将对知识产权运用和保护发挥巨大的激励作用,为全市、全省乃至全国知识产权改革探路,做出示范。

这些政策,成效显著,让开发区的发展提挡换速,蹄疾步稳。

2018年,广州高新区跻身科技部十大世界一流科技园区建设序列;广州开发区在全国219家国家级经开区中综合考评高居第二,科技创新排名第一,科技企业突破2万家,高新技术企业超过2000家,专利申请量首次突破20 000件,高新技术产品产值超4000亿元,技改项目投资超100亿元,同比增长56.2%,集聚各类高层次人才560多名。

政策是根指挥棒。用好这根指挥棒,就能奏出最美的和声。此后,开发区趁热打铁,进一步壮大"10条"家族:"工业互联网10条""文创10条"等系列专项产业政策应运而生,构筑起有机完整的政策体系,让政策的阳光照亮每一个角落。

2020年,"黄金10条"全面升级。

成长壮大奖、品牌升级奖、能级提升奖……"黄金10条"2.0版本设置了不少全新奖励,全力支持企业做强做优做大。

自2018年6月获批首个"广东省营商环境改革创新实验区"以来,广州开发区全面落实《优化营商环境条例》和实验区建设方案部署要求,对标对表国内外最高最好最优,在若干重点领域和关键环节精准发力,取得实质性突破,获评"2019年全国经开区营商环境指数"第一、"2019年度中国营商环境十佳经济开发区"第一、"2019年度中国营商环境改革创新最佳示范区","广东省营商环境改革创新实验区改革探索"案例作为广东省唯一代表入围"2019中国改革年度案例",荣获联合国"2019年度全球杰出投资促进机构大奖",获评"2020年全国国际化营商环境建设十佳产业园区"第一和"2020年度中国营商环境改革创新最佳示范区",获评2021年"中国高质量发展改革创新十佳园区"第一。

比如,开发区的承诺制信任审批改革,用诚信激活审批加速度,给我留下了深刻的印象。

2016年初,开发区在全国率先探索承诺制信任审批改革,在建设用地规划许可、公共场所卫生许可证核发等6个事项上先行试点。

此后,这项政策不断升级,陆续聚焦商事制度、涉企经营、工程建设等领域开展改革,推出全链条信用管理机制、告知承诺信息闭环管理等多项"硬核"措施,并在全国首次创新引入审批责任保险制度,以每年较低的保费撬动高达350万元的保险总额,单次事故责任额高达80万元。2022年3月获评"中国法治政府奖"提名奖,2023年5月被省经济体制改革专项小组列入首批信用建设试点典型案例在全省推广。2024年,该区再次深化改革,出台《2024年承诺制信任审批事项清单》,将区首批"文旅体一证通"部分事项、电网工程项目核准事项等19项新增纳入承诺制信任审批,总计涉及21个部门134项,着力提升市场主体准入准营和投资建设便利度。

百胜餐饮（广东）有限公司相关负责人表示，以前开设一家门店，店铺完工后需要等待现场核查、许可审批，少则10个工作日，多则20个工作日，无形中增加了企业的综合成本。现在只需提交告知承诺书，当天就能拿证。

这项政策并非空中楼阁，而是用信用管理来支撑的——依托区公共信用信息平台，开发信用承诺在线管理系统，基于超10亿条企业信用大数据，建立精准企业信用画像，把企业公共信用分为A、B、C、D四个等级，将企业信用核查嵌入审批业务环节中，建立全链条智能化信用管理机制。

一方面破解审批与监管脱节的难题，在审批业务受理后，通过系统将标准化的承诺信息自动推送给相应的监管部门，由监管部门全程跟进承诺履行状态并生成记录，建立覆盖事前事中事后全流程的闭环体系。

另一方面，对信用评价A级企业在行政审批、政策兑现、项目筹建、评优评先等方面给予绿色通道、优先遴选等优惠政策，将企业违反承诺行为纳入信用档案，违反信用承诺或被国家列为失信联合惩戒对象的企业，在信用修复前将不适用承诺制信任审批，全面提高企业守信重诺意识。

2021年6月，广州必贝特医药技术有限公司以增资扩股的方式分多次办理变更登记，还进行了多笔股权转让。由于股东人数众多且涉及外籍自然人股东，核验工作内容十分庞杂，而且疫情防控期间文件跨境邮寄较以往更加费时。

区市场监督管理局通过非关键性要件后补、承诺制信任审批的方式，先行审批并于当天发放营业执照，为该公司能顺利按原定计划推进股改和上市辅导争取了时间。

2022年，开发区行政局在实施承诺制信任审批的基础上，率先试点对检验检测试验类环境影响评价文件审批集成实施"全信任审批"+"现场发证"的审批新模式，为企业筹建至少节约了2个工作日的申报时间，企业办事效率提升了，办事方便了。

因为改革，所以简单。改革前，企业需要先编制环评文件，再申请环评审批，开展公示，审批期间根据需要还要进行现场勘查，审批完成后企业还需到现场领取纸质证书。改革后，企业仅需在网上递交一份承诺制信任审批，广州开发区行政审批局现场审批，将材料受理、现场核查、审批发证各环节集成整合，极大精简了程序，快速办理，现场发证，实现了由"窗口办"变为"现场办"。

"全信任审批"+"现场审批"审批新模式，是广州开发区行政审批局最大限度提高审批效率，最大限度提高企业的获得感和幸福感，探索推行的又一项改革创新。2022年1月12日下午，在检测实验室现场，南京研科检测技术有限公司负责人杨经理收到该公司检测实验室项目的环境影响评价文件信任审批决定，杨经理感叹道："你们的审批真是高效啊，今天早上才收到受理短信，下午就拿到了信任审批决定，没想到这么简单。"

信用是市场经济的"基石"，信用是现代企业最大的无形资产，为了让无形资产转变成有形资产，破题企业准入难、融资难、招工难，促进降低制造业企业经营成本，充分发挥守信激励的正向作用，不断提升企业信用获得感，推动高质量发展取得新成效，2023年3月21日，在全市率先发布《黄埔区广州开发区信用服务实体经济高质量发展若干措施》（简称"信用15条"）。此次发布的"信用15条"，主要为区内1万余家公共信用评级等级A级企业、A级纳税人、海关AEO（经认证的经营者）高级认证企业等诚信企业提供政策激励和市场激励措施，让企业以诚信为"金钥匙"，打开获得优惠与便利的通道。

"信用15条"联动了区内市场监管、金融、税务、海关等19个部门，在行政审批、政策兑现、信任筹建、融资风险补偿、分级分类监管等五大领域，有针对性地推出政务类和市场类相关激励措施，涉及行政审批、财政扶持、项目筹建等方面的优惠措施。

其中，我最关注的是"免申即享"服务，全面应用企业信用报告及信用评价，政策兑现服务系统全流程嵌入企业信用等级信息，并实时动态更新。纳入"免申即享"服务清单的事项，系统通过数据共享将政策信息与企业信息进行比对，筛选符合政策条件且信用良好的企业名单，自动推送至目标企业，企业确认申领意愿后，"坐等"资金到账。企业全程无须主动提出申请，无须提供佐证材料，足不出户即可享受政策资金送上门。通过该途径获得扶持的盛广誉机械设备公司相关人员说："以前，政策扶持申请程序太复杂，我们有时也懒得去申请。"广州荷力胜蜂窝材料公司人员则说："按照提示登录政策兑现服务信息系统后，基本上鼠标点击不超过五下就可完成操作。"

土地是极其珍贵的生产要素，为了让有限的土地发挥最大的效能，广州开发区积极探索土地空间立体开发利用，充分挖掘地下、地表、地上空间利用效率，努力实现土地的立体开发。出台了《广州市黄埔区广州开发区企业申请提高工业用地利用效率实施办法》，鼓励建设"摩天工厂"，推动"园区上楼"，真正实现空间提升，工业用地倍增效益。

在满足生产需求的前提下，推动"工业上楼""园区上楼"，打造一批样板项目，构建产业链上下游就在"上下楼""隔壁栋"的产业生态。

保盈大道摩天工坊为开发区西区首个高容积率、高混合功能新型工业厂房。京广协同创新中心项目则是广州首个"摩天工坊"式科技产业园。

2022年3月，区政务服务数据管理局与区供电局在"数字政府"与"数字电网"方面深度融合，在全国范围内率先实现20千伏及以下电力外线工程免审批，帮扶市场主体纾困，为超5.66亿元电网投资落地夯实基础，助力稳住经济大盘。

保盈大道摩天工坊是广州市和开发区的重点建设项目，也是广州开发区西区、穗港智造合作区的第一个高容积率、高混合功能的新型工业厂房项目。该项目以建设国际高端智造为主要产业定位，总用地约59 523平方米，总建筑面积292 087平方米，涵盖科技研发、工业生产、科创服务、物流仓储、日常办公、生活食宿、配套商业等多种功能。

保盈大道摩天工坊投资建设方穗港智造（广州）投资有限公司董事长漆总指出，电力接入是项目建设过程中的重要一环。按照设计要求，该项目用电需求为32 200千伏安。

这是广州开发区20千伏及以下电力外线工程免审批系统上线后的首单应用案例。"这项新政大幅提升了永久用电的接入效率，提供了更加便捷、优质、高效的用电服务体验，也为项目正式竣工投产奠定了良好基础。"漆总说。

区供电局在收到项目建设方的用电需求后，在系统上填报项目信息，申请保盈大道摩天工坊项目资料"一次上传"，系统同步传递至区规划和自然资源局、区住房和城乡建设局、区公安分局三个审批部门备案，区供电局当即可凭系统受理回执进场开始施工。

此外，开发区还推行工业园区转供电改革，全国首创"搭建智慧平台+改造智能电表"管理模式，实现"平台管理、计量装置、收费规则"三个统一，持续规范转供电收费，大大降低中小企业用电成本。

2023年5月22日，广州开发区以4个"黄金10条"有效期届满为契机，坚持做优存量与扩大增量并举，对4个"黄金10条"进行系统集成再创新，《广州开发区（黄埔区）促进经济高质量发展政策措施》（以下简称"高质量发展30条"）正式出台。构建灵活精准的"1+N"高质量发展政策体系，激活经济高质量发展新动能新优势，最大限度地为开发区经济高质量发展注入强劲动力。

发展所向、产业所需、企业所盼，是广州开发区政策创新的出发点，服务和效率是广州开发区政策创新的着力点，高质量发展是广州开发区政策创新的终极目标。"高质量发展30条"吹响了集结号，是新一轮政策创新的龙头和先锋，有力破解了企业的痛点、难点和堵点，让企业的归属感、获得感大大提升。改革无终点，永远在路上，未来，广州开发区还将围绕主导产业，出台更多专业、精准、高效的细分领域政策，不断充实高质量发展政策体系。

5. 企业筹建　与时间赛跑

四十年来，广州开发区创造了了不起的奇迹，支撑这个奇迹的一个很重要因素，就是开发区速度。可以说，如果没有开发区速度，就没有开发区奇迹。

"在这里早上定下的事情上午就干，上午定下的事情下午就干，下午定下的事情晚上就干，在广州开发区事情不过夜。"这是中国科学院院士、广东粤港澳大湾区国家纳米科技创新研究院首席科学家赵宇亮对开发区速度的精辟评价。

时间就是效率，速度就是效益。

开发区不仅重视招商，同样十分重视企业的筹建，实行全链条管家式服务，全力打通项目落地"快车道"。

如果把招商引资比作怀孕，那么，企业筹建就如同接生。

企业在签订土地合同之后，一直到投产，这之间全部过程中所遇到的土地平整、道路、供水、供电、排水、排污、通信、施工、验收等问题，都会影响企业投产的进度，需要筹建部门通过协调及时解决。

"一切为了企业，一切为了投资者，用最好的服务、最佳的环境，让投资者获得最大的回报。"早在1993年，广州开发区管委会就提出要抓企业筹建工作，成立企业筹建工作领导小组，负责组织协调企业投资项目的筹建工作。

负责筹建的是一支快速反应队伍。因为，企业筹建服务具有应急性和复杂性的特点。筹建企业所遇到的问题，很多都是"始料不及"的，如不及时解决就会影响建设进度，筹建服务部门必须做出快速应急反应；同时，这些问题通常比较棘手，往往牵涉到多个部门，解决起来比较困难。这些都决定了企业筹建工作的艰巨性，对筹建服务部门工作人员提出了很高的要求。

企业筹建领导小组，由管委会一名领导挂帅，将管委会与企业筹建有关的部门和海关、税务、供电、外汇管理、邮电等驻区单位的领导吸收为小组成员，领导小组下设企业筹建办公室，作为管委会的常设机构，负责日常的企业筹建事务。筹建领导小组每月召开一次现场会议，当场协调解决企业筹建中遇到的问题。此外不定期地召开筹建现场协调会，做到发现问题随时解决，使企业感受到开发区的效率。还经常举行企业筹建培训会，对筹建企业的有关人员进行培训，使之了解筹建程序，做到心中有数。

招商和筹建是推动经济发展的两个轮子，只有两个轮子都转得快，经济发展的速度才快。

广州捷普公司是投资1亿多美元的大项目，由于筹建工作得力，从开始建设到投产，只用了不到一年的时间，这使得企业对政府的效率产生了极大的信心，很快就决定增资。

魏先生是开发区一家投资额达6000万美元公司的总经理。谈判之初，他最担心的是开发区的种种承诺能否实现，因为他所选择的土地位于开发区东区北片，当时，围绕厂区的公路、路灯、供水、供电设施还有待完善。8个月后，当魏先生的厂房建成时，先前围绕工厂建设的所有配套设想已全部变为现实。功劳归于开发区的"企业筹建领导小组"和各职能部门的协同作战。

"南方气体"是美国一家在开发区的投资企业。启动之初，面临诸多问题：电价成本高，噪声大，超国家标准，其所选土地旁有一通信电缆，而将建的变电站会对这一电缆产生影响，其需要另外5000平方米的配套土地，22万伏高压线离企业的氧气储罐距离过近……企业能建成吗？开发区的工作人员开始了思考与行动。

电价成本高，开发区寻求省、市电力工业局的帮助，让其给予合理的优惠。然后，通过省电力工业局与有关部门协商，率先在全省利用"峰谷电"，晚间生产。噪声大，开发区给企业提建议，在厂房内采用隔音材料，再在厂区周围移栽高树，吸收噪声，厂房周围设计成马路，将噪声的影响限定在合理范围。关于通信电缆，开发区邀请专家协助测量距离，进行论证。至于土地问题，管委会冻结了企业旁5000平方米的土地，给了企业两年的使用权。高压线和氧气储罐牵涉到安全大问题，开发区有关人员上北京、赴天津，进行调整后，终于获得相关部门审定、认可。

扎实、高效的筹建服务工作，为开发区赢得了良好的口碑，使全区外商投资企业形成了八大族团，即"松下·万宝族团""宝洁族团""依利安达族团""顶新族团""旺旺族团""安利族团""本田族团""光宝族团"。不少族团的上游供应企业和同类产品企业亦就近择地设厂。

不走老路、不唱老调、不吃老本，这是开发区工作一以贯之的经验。

2001年广州开发区有98家企业进行筹建，31家企业正式投产，17家企业进行试生产，实现年均1周1企业投试产刷新全国开发区企业筹建纪录，世界500强跨国公司有58家在此落户。

2002年5月，开发区继续加码，提出招商引资和企业筹建的"123"工作目标，1个工作日引进一个项目，2个工作日开工一家企业，3个工作日投试产一家企业。

2005年11月，管委会正式成立了全国第一个企业筹建职能工作部门"企业建设局"，专职负责统筹推进项目筹建工作，协调解决筹建工作中出现的各类困难和问题。

面对新的时代要求，开发区对企业筹建工作的机制和方法进行了改革和调整，提出将筹建工作转向规范化、信息化、专业化、有预见性，摸索出一套行之有效的企业筹建服务体系。这个体系主要有以下几个方面：设立"一站式"投资服务中心。每月一次的企业筹建现场会，改为天天的现场会。随着"一站式"投资服务中心信息化管理的日益完善，筹建企业可以通过网上咨询、网上申办事项，节省了时间和精力，提高了办事效率。"一站式"电子政务系统被评为全省电子政务示范项目。实行局级以上领导筹建工作责任制，要求副局长级以上干部每人负责联络2~5家筹建企业。实行筹建企业驻厂代表制，提供筹建贴身服务。

为了争取时间，将筹建工作环节不断前移，为诚信记录好、动工意愿高、安全生产管理能力强的企业建立动工建设"绿色通道"，通过支持项目提前进场地勘和开展设计、提前确定标高和平整土地、提前申报水电气热网、提前进场开展施工前期准备、提前土方外运等措施，推动项目"引进即筹建""拿地即动工"。

2019年机构改革中，为贯彻落实中央关于支持民营及中小企业发展的精神，"广州开发区企业建设和服务局"更名为"广州开发区民营经济和企业服务局"，除划入原有企业筹建服务职能外，加强了"对民营企业的筹建服务，支持民营经济发展"职责。2024年机构改革中，为更好履行企业筹建服务职能，"广州开发区民营经济和企业服务局"更名为"广州开发区企业筹建服务局"。

企业投资建设项目引进之后，首要面临的是项目用地和报建问题。项目由招商部门引进后，即由区企业筹建服务局（原区民营经济和企业服务局）专员跟进，提前对接项目建设计划，掌握各项需求。

开发区争分夺秒加速筹建、千方百计保障投资，以"三专""三信""三再"实施企业筹建服务"三三"工作法,即发挥全国首个企业筹建专职机构统筹协调作用、组建重点产业项目攻坚专班、实施项目筹建全流程专员服务("三专");出台实施"信任筹建"机制实现企业信任筹建营商环境、组织信任构建容缺机制、利害关系人信任多方提速("三信");优化项目管理服务清单再明一点,服务速度再快一点,服务质量再好一点("三再")。这些贴心的服务,有力促进开发区重点产业项目建设取得扎实成效。

专班专员是广州开发区筹建工作的优良传统,为企业提供五星级的周到服务。

一项目一专员,一重点项目一专班。开发区为项目筹建提供从签订投资协议后到竣工验收的全链条管家式服务,将企业筹建从"室内审批"转变为"现场检查",从"图纸作业"转变为"实地指导",为加速项目落地开工、建成投产扫除障碍。

后来,又牵头组建全区攻坚冲刺重点产业项目落地实施专班,统筹多部门筹建力量攻坚项目筹建难点堵点问题,形成"大抓项目、抓大项目"的强大合力,推动重点项目筹建效率大提升。

2020年5月28日,开发区正式发布"企业筹建App",这是全国首款专门应用于解决企业筹建问题的信息管理系统。辖区企业在投资建设项目的筹建过程中遇到问题和困难,只需要通过手机App端上报问题,即可得到相关职能部门的快速响应,上门为企业"把脉诊断",研究解决问题。

广州西门子配变智能化工厂项目。企业在遇到临电申请、绿化苗木迁移、土方外运等问题时都使用了"企业筹建App"进行"呼叫",分别得到区企业服务、供电、建设、城管、余泥管理、绿化中心等多个部门的联动响应。

通过各职能部门对项目进行"集体会诊"、联动处理,西门子项目在15天内就完成了临时施工用电送电工作,比按正常流程节省约1个月时间;在发起"呼叫"2个工作日后完成了绿化苗木迁移,相比原迁移排期提前2个月;在申办相关施工手续的同时完成工期为15天的土方外运施工,极大加快了项目施工进度,为企业节省了时间、人力和资金成本。

2020年12月31日上午,广州开发区"工业快批10条"新闻发布会在区融媒体中心举行,出台《广州市广州开发区关于深化工业项目行政审批制度改革的若干措施》,从完善项目规划协调机制、优化土地出让方式、加快开工手续办理、优化项目竣工验收流程、提升项目推进服务效能五个方面提出10条具体改革举措。

"工业快批10条"有三个创新亮点:一是率先提出全流程优化审批做法,通过并联、合并、联合事项审批等方式,大幅压缩企业筹建整个流程审批时间;二是率先开展跨部门审批事项优化整合工作,突破部门管理边界,实现各部门审批监管信息的互联互通;三是率先提出免费服务、帮办导办,逐步实现管理型政府向服务型政府转变。

"拿地即动工""即来即办""免费联合测绘""取消施工图审查""环评审批和排污许可证合并办理""验登合一"等政

策为广州开发区工业建设项目大大压缩项目审批时间，降低筹建成本。以一个规模达1万平方米的项目为例，为企业提供的各类免费技术服务预计将为企业减少20万元至25万元的筹建成本。

2022年8月，全国首创定制式审批服务体系，出台"1+2"政策管理体系（定制式审批服务实施办法、定制式审批服务工作规程、定制式审批服务专员管理制度），组建百人服务专员团队，上线定制式审批服务信息系统，深度融合数据、信息、政策，企业可随时随地指尖查看审批进度、调阅历史审批档案等。定制式审批服务以企业需求为导向，结合建设项目特点和实际情况，主动提前研判项目筹建过程中可能遇到的政策和技术问题，为企业量身定制个性化报批流程，精准推送各类审批改革政策，并提供多专业的技术统筹、政策统筹和跨部门的协调推进，推动项目审批提速3至6个月。

2023年1月6日，广州开发区正式发布《关于进一步深化工业建设项目行政审批制度改革的若干措施》（下称"工业快批10条2.0"）。"工业快批10条2.0"聚焦流程优化、精简提速、保障服务等三个方面提出了十条措施，较2020年底的"1.0"版本进一步优化。

2024年8月2日，广州开发区黄埔区正式发布《广州开发区广州市黄埔区关于优化"工业快批"审批服务机制的若干措施》（简称"工业快批3.0"）。"工业快批3.0"突出解决实际问题，精准定位企业筹建过程中的共性问题、细节堵点，提出扩大环评全信任审批范围、优化涉及轨道交通规划线路、"两重点一重大"安全控制范围项目审批程序、优化路口开设审批程序等8条具体改革措施,通过整合流程精简环节,预计平均每条改革措施可节约企业对应筹建时间约1个月。

企业在过去需要完成环评审批后才能申请排污许可,全流程耗时至少3个月。融合审批推出后,实行"一套材料、同步受理、融合审批、一次办结",企业只需编制一套材料即可同步办理环评和排污许可两个事项。

广州昭和汽车零部件有限公司负责项目招投标的主管表示:"对我们公司来说,联合测绘受益最大。以前规划条件核实测量、人防测量、不动产测绘要分好几次,现在一次就搞定,相比以前节省了二十多天时间。"

2023年4月20日,《黄埔区广州开发区关于进一步提升工业项目行政审批服务促进高质量发展若干措施》(下称"赛龙夺锦10条")发布,以企业提前投产为"锦标",通过审批大提速、统筹政银企全要素,合力助推企业项目快批快建快投产。

值得一提的是"带方案出让"项目,标准流程由110天压缩到13天,创造高效"开发区速度",完成奥托立夫、西门子、视源、华星光电、极飞等多宗"带方案出让"项目方案推送工作。通过各部门配合、政企联动,充分利用土地出让前的时间,指导企业先行开展规划设计方案编制和审查工作,提前化解相关矛盾。企业在取得用地后即可办理用地证、建设工程规划许可证、人防审查和一、二阶段施工许可,真正实现"拿地即动工"。

例如奥托立夫项目中,通过在项目招商阶段提供定制式审批服务，量身定制项目筹建审批流程，开通专属信息系统，在项目完成招商后，为企业免费提供地形图测量、管线探测技术服务，提前开展规划设计方案审查、单体报建规划方案技术审查；在项目签订土地出让合同后，仅用了1个工作日就核发建设用地规划许可证、建设工程规划许可证、人防许可批复、施工许可证，共为企业缩短约5个月筹建时间。

与时间赛跑的背后是一次又一次的自我超越。

视源交互智能显控产品智能制造基地（视源中试基地）由广州视源创新科技有限公司投资建设，用地面积6.7万平方米，建筑面积26.8万平方米，计划总投资20亿元，预计达产产值50亿元。项目主要建设工业4.0智能主控板卡生产基地、智能交互整机生产基地、显控产品中试研究中心，开展显控产品研发生产。

项目建设前期，为促进企业"早拿地、早动工"，区企业筹建服务局（原区民营经济和企业服务局）用足用好信任筹建机制，推进项目加快报建报批手续完成，同时协调项目用地平整及属地部门，及时解决平整前期遇到的大量山坟迁移、大面积林木清表和施工用水用电、临路通行等用地交付和施工保障问题，确保政府提前完成交地、项目提前动工建设。项目建设期间，为全力推进建设进度，采用现场协调与专班会议研究机制，解决项目筹建中遇到的需施工道路通行保障、地下室占道开挖、施工临电通驳敷设以及施工工棚借道搭建等诸多诉求问题，打响"企业有呼，服务必应"口号。项目建设落成期间，为加快推进项目实现早投产，区企业筹建服务局（原区民营经济和企业服务局）一线指导企业加快永久给排水报装，以及电力开关房建设提前交安，协调相关道路建设及管网管理单位，采用分段建设、分段验收模式，提前打通项目水、电、气管网建设"最后一公里"。同时通过电力联席会议机制，全力推进项目就近公用变电站（漱玉站）及出入电力综合管廊建设投运进度，最终按照企业计划节点完成永水、永电接驳及排水排污通驳，确保企业按期进行生产设备调试和试产。

由广州兴森半导体有限公司投资建设的集成电路FCBGA封装基板项目，用地面积8.1万平方米，建筑面积26.5万平方米，计划总投资60亿元，预计达产产值56亿元。项目主要建设年产能达2.3亿颗高端集成电路FCBGA封装基板的智能化工厂，投产后有利于打破FCBGA封装基板被少数海外厂商垄断的局面，逐步实现国产化替代，解决"卡脖子"技术及产品难题。

项目在2022年2月初招商阶段就明确表达了急迫的动工意愿，但当时用地仍有瑕疵、环评存在堵点问题，开工配套条件也一时跟不上，区民营经济和企业服务局会同区发改、审批、供电、知识城开发建设办、建管中心等单位组团服务企业，逐一对接项目建设内容、规模、工艺，以及水、电、气、热配套需求，全面提供"事项专员"服务，专人专线跟进，倒排项目动工前各项节点。最终实现签订投资框架协议后，1个月进场地勘，2个月开工建设，第7个月实现厂房封顶，刷新了同类项目筹建速度纪录。

为保障项目全建设周期进挡提速，区企业筹建服务局（原区民营经济和企业服务局）推动项目纳入开发区首批"项目筹建合伙人"清单，联系各相关部门明确服务专员，会同企业共建项目筹建专班，从企业利益出发，带路领跑。先后帮助项目解决项目规范适用、规划设计、项目环评、施工协调、配套给排水管网扩建，以及生产用电方案调整等方面50余处堵点问题。其中，原定给项目接电的漱玉变电站因设备问题无法按原定计划于2023年5月底投产，且存在不可控因素。区企业筹建服务局（原区民营经济和企业服务局）紧急协调供电局变更由邻近山口变电站出线送电，协调规划、住建部门研究方案变更后入地高压电缆路由，并紧急实施部分路段新建地下电力管廊工程，确保在2023年7月如期接通项目生产用电。

目前项目主厂房部分产线已投产；研发办公楼正在进行幕墙装修，计划2024年第四季度投入使用。

广州孚能科技有限公司投资的年产30GWh动力电池生产基地项目，由广州开投智慧能源投资有限公司拿地代建。项目用地面积约38万平方米，建筑面积约38.4万平方米，投资总额约100亿元，达产年税收6.8亿元。孚能科技是全球首批规模化制造高镍三元软包动力电池的龙头企业，中新广州知识城孚能科技年产30GWh动力电池生产基地项目主要建设新能源车用锂离子动力电池研发生产基地，主要从事6GWh三元材料电池和24GWh磷酸铁锂电池的研发、生产和销售。项目于2023年8月31日开工建设，2024年6月29日，孚能科技年产30GWh动力电池生产基地项目正式进入试投产阶段。该项目从打下第一根桩到实现试投产仅用时10个月，再一次刷新"黄埔速度"。

孚能科技是广州开发区2023年引进的百亿级产业项目，建成后能较好地形成储能产业集聚效应。针对项目对用电、用气、道路交通等配套要求较高的特点，区企业筹建服务局在项目招商谈判阶段，全面对接孚能公司掌握项目建设和投产需求。为了确保项目建设优质高效，与孚能科技公司建立了"项目筹建合伙人"机制，从项目对建设投产的需求出发，实行方案共商、节点共议、进度共促。一是共同商议最优的建设方案，创造性推行公用变电站区属国企"代建模式"，既快速启动配套变电站建设，又帮助项目一次性节省建设费用约4000万元；二是共同制定最快的建设时间节点，政企双方逐一研究项目各类要素配套保障建设的全流程时间节点，设计制定了一张最快动工、建设和投产的"路线图"；三是共同建立最好的沟通机制，通过每周例会、每月调度、专班攻坚等，政企双方合伙人团队形成筹建合力，围绕"拿地即动工""竣工即投产"，高效解决了项目用地用林、征拆迁改、配套建设、环评能评、规划设计等各类超百个问题，助力项目建设效能实现大提升。

"企业有呼，服务必应。"经过四十年的发展，优质高效的开发区企业筹建服务体系，早已成为名声在外的一块"金字招牌"，为开发区企业投资项目快速落地投产见效、加速区域经济发展、营造优良营商环境起到了重要的推动作用。

6. 打造"全球知识产权高地"

广州开发区高度重视知识的价值,在这里,知识正成为发展的重要引擎。

2016年7月,国务院批复同意中新广州知识城开展知识产权运用和保护综合改革试验。随后,一场以知识产权运用和保护为主线的全链式知识产权革新浪潮在这里掀起。先后出台"知识产权10条"及2.0版、"知识产权专项资金扶持和管理办法""知识产权高质量发展30条"等政策。

发展知识经济,首先要有完善的知识产权保护和服务体系。

广州开发区深耕国家知识产权综改试验田,成立粤港澳知识产权调解中心,组建海外知识产权维权联盟,集聚国家知识产权局专利局专利审查协作广东中心、广东省知识产权保护中心、广州知识产权法院等17家知识产权保护机构,构建集行政执法、司法保护、调解仲裁、海外维权于一体的大协同大保护格局;严厉打击侵权假冒行为,与黄埔海关联合查处的侵犯"Dettol"商标专用权一案,成功入选中国海关知识产权保护典型案例;查处侵犯特殊标志专用权案入选全国、广东省典型案例;支持亿航智能利用知识产权保护核心技术和建立品牌,有关做法入选世界知识产权组织(WIPO)中小企业优秀案例。

近年来,广州开发区科技创新能力、发明专利授权量等位列全国经开区首位。这背后,是政府创新投入的不断加大,也是知识产权司法保护力度的不断增强,向恶意侵权者"亮剑",为权利人提供立体保护。

2016年，区人民法院成立独立建制的知识产权庭，在广州率先开展知识产权审判的"民刑合一"。2018年1月，全面实施知识产权审判"三合一"工作，即由知识产权庭统一审理辖区内知识产权一审民事、刑事和行政案件。2021年10月，开始集中审理全市（除白云区）的知识产权一审刑事案件。

区人民法院作为广州市唯一真正实现知识产权三合一审判的基层法院，结合开发区系国家知识产权运用和保护综合改革试验区的区域优势，主动担当作为，联合区检察院、区知识产权局等单位共同构建了集知识产权刑事、民事和行政案件于一体的三合一协同审判新模式，并和行政执法部门通力合作，严厉打击了一大批诸如侵犯宝洁公司、卡尔蔡司公司、马爹利公司等大型企业知识产权的刑事犯罪，在民事审判中则对部分实施重复侵权的不法企业和商家适用了惩罚性赔偿，从而以优质高效的审判凸显出司法保护在开发区知识产权全方位保护中的主导作用，彰显了广州开发区作为世界级知识产权综合保护高地和样板区的地位。

2018年，逢某等五人在广州未经许可生产并出售印有卡尔蔡司商标的眼镜片。该案涉及国内商标注册证与国际商标注册簿核定商标使用范围等问题。

卡尔蔡司公司虽然在国际商标注册簿上包含了逢某等人涉嫌侵权的"眼镜、眼镜镜片、偏光眼镜"等内容，但这家公司在中国的商标注册证范围中却不包含这三项。被告人及其辩护人在法庭上抓住这一点"大做文章"。审理此案的法官认为，由于我国于1989年加入了《商标国际注册马德里协定》，若卡尔蔡司公司国际商标注册簿无误，则我国商标保护范围应当以国际商标注册簿为准。对此，我国商标法实施条例也有明确规定。最后，法院认定逄某等人的行为构成假冒注册商标罪。

刑事判决生效后，2019年5月，卡尔蔡司提起民事诉讼，要求逄某等人赔偿其为维权所支出的合理费用50万元。法院最终综合考虑逄某等人行为恶劣及后果严重情况，支持了该诉讼请求。

环凯公司成立于1993年，是国家级高新技术企业，曾获得国家科学技术进步奖等荣誉，主要经营生物产品、生物诊断试剂的销售研发等，拥有一定的市场知名度。

"2020年4月起，陆续有人到我们公司声称是我司的'加盟商'，并多次到公司拉横幅闹事……"环凯公司法定代表人回忆说。原来，凯某公司在未得到环凯公司授权之下在其健康商城微信公众号上多次推送大量含有"环凯凯某"字样或单独使用"环凯"字样的文字及视频进行宣传，同时其他三名被告擅自以环凯公司名义与案外人签订四份《加盟协议书》牟取不正当利益。

法院经审理认为，田某等三名被告属于恶意侵犯环凯公司名称权且构成不正当竞争，判决全额支持权利人的诉讼请求。

2023年3月23日，区人民法院召开"司法精准服务经济高质量发展"新闻发布会，发布《广州市黄埔区人民法院优化法治化营商环境白皮书（2019—2022年）》，公布了营商环境审判十大典型案例、知识产权审判典型案例。典型案例包含股东纠纷、清算责任纠纷、商事买卖合同纠纷、执行案件以及涉商标权、著作权、惩罚性赔偿的不正当竞争等知识产权案件。当天，区人民法院知识产权专业化审判大楼正式启用，是全省唯一的知识产权专业化审判大楼。白皮书显示，2019年至2022年，区人民法院审结各类商事案件73 640件，商事案件审理周期缩短近50天，为企业解决逾255亿元纠纷，审判质效不断提高，多项法治营商环境指标全国领先。

近年来，涉外知识产权纠纷数量不断攀升，为有效帮助众多企业以市场化手段解决涉外知识产权纠纷，支持企业"走出去"，广州开发区推出全国首单知识产权海外侵权责任险。

中共中央办公厅、国务院办公厅于2019年11月印发的《关于强化知识产权保护的意见》明确提出，"鼓励保险机构开展知识产权海外侵权责任保险、专利执行险、专利被侵权损失险等保险业务"。2020年5月，广州开发区响应号召，先行先试，联合中国人民财产保险股份有限公司广州市分公司推出全国首单知识产权海外侵权责任险，实现该险种"从零到一"的突破。截至2024年8月底，已有255家次企业参保，总保额达5.28亿元，承保范围已由本区扩展至大湾区乃至全国，成为目前全国规模最大、资金量最多的维护我国企业海外知识产权利益的保险资金池，知识产权海外侵权责任险被国务院评为自由贸易试验区第七批改革试点。其经验在全国自贸试验区发文复制推广。

2020年5月14日，区内企业京信通信和金发科技投保知识产权海外侵权责任险，这是该险种在全国范围内的首单落地，开创了知识产权运用和保护的先河。京信通信购买保险后不到一年的时间，遭遇境外专利流氓公司无端索赔。一开始对方索赔金额巨大，达100万美元。面对境外专利流氓公司发来的律师函，京信通信立刻与承保的人保公司进行了紧密沟通，人保公司迅速介入，并与京信通信共同商讨解决方案，包括探讨如何与对方进行谈判、谈判的参与人员以及谈判策略等问题。通过多次谈判沟通，成功以4000美元的价格达成一致意见。

2021年，慕名前来广州开发区购买该险种的深圳某高新技术公司遭遇美国一企业发起全球专利诉讼。为捍卫自主创新成果、维护公平竞争的市场秩序，该公司积极采取法律手段，在美国、加拿大、英国、德国、中国法院对该美国企业展开了强有力的反击，并取得显著成效。在此过程中，保险公司组织专家团队与涉诉当地服务机构精准对接，提供以无效专利为主的应对策略指导，降低企业的应诉成本。

除了为知识保驾护航，为了让知识创造更大的价值，广州开发区还创新金融服务，构建完善"投资基金—质押融资—证券化—上市辅导—海外保险"知识产权金融服务链。2018年以来，为超过1000家次企业实现知识产权质押融资超过373亿元，其中2023年度达到105.37亿元，是全市首个年度知识产权质押融资额破百亿的区域。2022年1月，推动全国首单港澳知识产权质押融资正式落地。为近1600家科创企业开展拟上市知识产权测评，组织机构为160多家拟上市企业开展一对一服务，其中已推动禾信仪器、视声智能分别在科创板、北交所上市，知识产权助力科创企业上市入选"2022年度广东省知识产权基层改革创新举措"，知识产权助力科创企业上市服务规范作为"广州市地方标准"复制推广。发行全国首个纯专利、全国首个纯商标知识产权证券化产品，开创专利许可在资本市场融资先河。

区知识产权局于2018年牵头设立广州开发区知识产权运营发展基金，这是区内第一只知识产权领域的专项运营基金。

广州奥松电子股份有限公司副总经理表示："有了这笔资金的加持，我们进一步加大了企业自主研发的力度。近三年来，奥松电子年研发经费支出占营业收入超过20%，累计开展自主研发项目超过30项，均实现成果转化，申请知识产权数量超过150件。"

在国家知识产权局相关政策的指引下，广州开发区立足于自身优势，于2021年9月制定出台《广州开发区知识产权质押融资入园惠企工作方案（2021—2023）》。自该方案出台以来，广州开发区知识产权局积极行动，以知识产权质押融资工作为抓手，通过政策引导、搭建平台、集聚资源等手段，打造出"政府引导、银行支持、评估机构及服务机构共同参与、企业受益"的知识产权质押融资生态圈。"知融汇""IP[①]融资汇"等对接活动的常态化，畅通了企业与银行、投资机构的沟通渠道，有效缓解创新型中小微企业的融资难、融资贵问题，充分激发了企业创新活力，推动经济高质量发展。

知识产权质押融资，为化解中小企业资金困难提供了一条新路径。

除了质押融资，知识产权证券化、保险化等知识产权金融新

---

① 知识产权。

模式也在快速发展。

2023年7月,区知识产权局联合保险机构,以及区内知识产权服务机构,创新推出商业秘密保险产品,并接连落地两单,其中一单为全国首笔超百万元的商业秘密保险,保额高达180万元。

知识产权证券化,以知识产权未来预期收益为支持,通过发行市场流通证券进行融资的方式,可以有效地将研发机构的知识产权无形财产转化为有形资产,是促进"科技—产业—金融"良性循环、推动高水平科技自立自强的重要支撑工具。

区知识产权局进一步探索知识产权证券化,与中国汽车知识产权运用促进中心共同推进专项领域知识产权证券化产品发行工作。此前,开发区已发行4个知识产权证券化产品,共为47家次企业融资10.25亿元。

2023年7月,广东省人民政府、国家知识产权局联合印发《中新广州知识城深化知识产权运用和保护综合改革试验实施方案(2023—2027年)》。为落实新一轮综改方案要求,广州开发区对政策进行集成化修订,于2024年8月正式发布《广州开发区 广州市黄埔区深化知识产权运用和保护综合改革试验促进高质量发展办法》(以下简称"知识产权高质量发展30条")。

"知识产权高质量发展30条"设立扶持条款25项,分别从"激发创新创造活力""提升运用转化效能""构筑协同保护高地"等7个方面对各单位开展知识产权工作进行扶持,为培育更多具有自主知识产权和核心竞争力的创新型企业,实现知识产权赋能制造业当家、助力高质量发展提供有力支撑。

广州开发区共62个项目获第二十四届中国专利奖，占全国6.58%，相当于苏州获奖数的近2倍、深圳获奖数的三分之二。

作为国内知识产权示范试点平台最多、层级最高的区域，下一步，广州开发区将构建国际一流的知识产权生态示范系统，将中新广州知识城打造成为"立足广东、辐射华南、示范全国、影响全球"的知识产权引领型创新驱动发展之城，全力打造"全球知识产权高地"。

7. 金融要下及时雨

上市公司是一个地区经济发达程度的缩影，代表了当地产业的创造力和竞争力。

截至2024年7月底，广州开发区的上市公司已累计达到87家，上市企业数量位居全市第一、国家级经济开发区第一。更可喜的是，这87家上市企业，广泛分布在21个行业，其中生物医药、集成电路、计算机等产业的上市公司数量居前，体现了制造大区和创新强区的底蕴。

一方沃土孕一片秀林，上市公司除了企业的努力之外，也离不开开发区的优良生态。广州开发区强化金融赋能，借力资本市场，形成了企业从初创孵化到上市腾飞的良性生态圈。

近年来，广州开发区加强上市后备资源挖掘和储备，深度对接广州企业上市"领头羊"计划，抢抓科创板开板、创业板改革、北交所设立等历史机遇,围绕"大盘蓝筹""硬科技""三创四新""专精特新"等板块定位,构建分层管理机制,形成"种子层"优质培育企业、"青苗层"优先辅导企业、"金穗层"重点推进企业的拟上市企业梯度,建立重点拟上市"苗圃企业"名单,分层分级护航企业上市发展。

2023年8月,广州开发区完成新一年度的上市苗圃企业征集和遴选,累计350家企业入围,产业特色突出,形成了以生物科技(医疗器械、生物制品)、电子信息(电子制造、半导体)、高端装备(计算机应用设备、专用设备)为主的特色行业集群。全部企业具备专精特新企业、高新技术企业、瞪羚企业、广州开发区产业政策入库企业等资质,50%以上企业有意向申报科创板、创业板,"硬科技""三创四新"底色鲜明。

开发区加大企业上市政策支持力度,出台"金融10条""绿色金融10条"等分阶段、分层次企业上市奖励政策,市区叠加上市奖励最高超1000万元,并配套并购重组扶持、债券发行补贴、贷款贴息等政策扶持,促进加快上市步伐。

创设上市培育品牌活动,创设广州科创金融服务基地、金融服务超市等高端金融服务平台,提供风险投资、科创信贷、产融合作、上市辅导等一站式科创金融服务。连续3年举办上市苗圃企业特训营,参训者近1000人次,打通企业上市"理论+实战"融合的各个环节。打造"融资汇""融智汇""创享汇"等五大投融资对接品牌活动,开展"全面注册制下的科技型企业上市板块选择"等培训交流,完善"直接融资支撑—间接融资保障"综合金融服务体系。

加强股权投资资本支撑，充分发挥黄埔人才引导基金作用，引导深创投、KIP资本、斐君资本等知名风投机构累计设立30只子基金，累计向254家企业投资超69亿元，投出30家IPO上市企业。截至2024年8月末，全区各类风投机构累计861家，管理资金规模超2474亿元，为中小企业发展提供长期资金供给和行业资源支持。2024年7月1日区科创母基金管理办法印发实施，将原黄埔人才引导基金等政策性资金纳入科创母基金统筹管理，通过"母基金+直投"的方式，重点投向本区战略性新兴产业领域的种子期、初创期科技企业。开展股权投资和创业投资基金份额转让试点，将进一步完善全省私募股权创投基金"募投管退"全链条综合服务体系。

构建要素保障服务体系，面向重点拟上市企业开展地毯式用地用房需求摸查，加强用地用房资源对接，加快补齐区内非资本要素资源供给保障不足短板。加强知识产权与上市工作的深度融合，赋能创新主体从IP走向IPO。联合开发区基金集团、产服集团、企业上市促进会等单位搭建企业上市综合服务平台，构建"融资对接、投资并购、场地供给、产业合作"要素保障服务体系。

强化证券交易所协作联动，建立证券交易所专家接待日等交流机制，持续加强"在地化"上市辅导服务。建立"交易所直通车"沟通机制，帮助企业就上市过程中遇到的板块定位、信息披露等疑难杂症获得权威专业意见，保障企业上市工作顺利推进。

加强上市合规协调,完善企业守法合规证明协调机制,建立守法合规培训、守法合规检查、守法证明办理的全链条服务,帮助企业规范达标。健全完善企业上市疑难常态化协调纾解模式,及时帮助企业协调上市申报过程中遇到的历史沿革、政策合规等问题。

打通上市服务"最后一公里",打造"科创资本会客厅"服务品牌,让区内企业在家门口即可享受IPO发行路演、再融资路演、网上投资者交流会、业绩说明会等便捷服务,提高企业资本运作能力。

作为北交所首批挂牌上市企业之一,广东永顺生物制药股份有限公司见证了国内兽用生物制品行业从小到大的发展变化。

在广州开发区的企业界至今还流传着这样一个故事,那就是广州开发区改金融局一位处长在微信朋友圈里"寻找永顺生物的董秘"。

2016年11月的某一天,广州开发区发改金融局金融服务处处长在她每天必看的各金融市场的公告上看到了永顺生物在新三板挂牌的消息。她知道这个企业需要上市辅导,但手边又没有联系方式。于是,她发了一条"朋友圈":"谁能帮我联系上永顺生物的董秘?"

这条"朋友圈",让永顺生物在对接资本市场时及时找到了组织,顺利上市。

顺利上市北交所,是永顺生物的"大事件",同时也是广州开发区企业受惠于区域发展与政策创新双重优势的典型案例。永顺生物从登陆新三板、精选层挂牌到北交所上市，总共获得区级产业扶持资金800万元。

迈普医学创业时是"无钱无经验无资源"的"三无"团队，完全凭着"初生牛犊不怕虎"的精神走到今天。高性能医疗器械产品研发注册周期长，公司在创业、产品研发的早期经历过资金的难关，曾经整整3年没赚到一分钱。幸好当时广州开发区提供了办公场地并免去3年租金。在公司上市阶段，黄埔人才引导基金子基金黄埔斐君、永平科创提供了总计7000万元长期股权投资支持。同时，区上市苗圃企业特训营定制了上市服务课程，助推企业抢抓注册制改革机遇。同时，国家对科技型中小企业技术创新项目的政策支持，帮团队闯过了难关。2021年7月26日，迈普医学在深交所创业板敲钟上市，是当年全市场首家按照创业板第二套上市标准上市的企业。现在公司已发展成为国内神经外科领域的领军企业，多项产品为国内首创，实现了重大创新突破。

同样受益的，还有云舟生物。

广州开发区在云舟生物的早期发展阶段为公司对接了全方位多样化的金融支持服务，包括大额中长期贷款、低息贷款、金融授信、金融风险管理、资金置配等方面的服务与指导，为云舟生物的初创发展保驾护航。

云舟生物90%的业务在海外市场，随着近年来业务范围的不断扩大，业务已遍布全球90多个国家和地区。公司长期面临不稳定的内外部金融因素，需要对汇率和利率风险进行特别关注，广州开发区政府曾多次通过企业走访、会议培训等方式帮助云舟生物做好成本管理，提升公司的汇率避险能力等。

2022年9月，在区政府等多方的支持与关注下，云舟生物完成了4.1亿元的C轮融资，并于2023年6月递交了上市资料。

"欲致其高，必丰其基；欲茂其末，必深其根。"为企业上市提供全流程跟踪、全周期辅导、多方面资源对接、多方位金融服务，这是开发区企业上市工作取得显著成效的一大主因。未来，广州开发区上市公司板块规模还将继续壮大。计划到2025年上市公司总数突破100家。

企业发展的每个阶段，都离不开金融活水的灌溉。

近年来，广州开发区综合运用直接和间接融资扶持手段，打造"政策引领扶持—直接融资支撑—间接融资保障—服务平台对接"的综合金融服务体系，形成"初创期企业投融资对接—成长期企业发展伴随—成熟期企业培育上市"的全链条服务。

开发区已先后出台多项政策，集聚各类金融要素和资源，增强金融服务实体经济能力。同时，在IAB（英国会计师和簿记师公会）专项政策、"民营18条""美玉10条"等系列产业政策中专设金融扶持条款，促进金融与产业深度融合发展。

围绕服务实体经济，开发区金融业快速发展。目前拥有广发证券、广发期货、广州农商行、粤开证券等银行证券风投机构累计861家，管理资金规模超2474亿元，还有粤港澳大湾区科技创新产业投资基金、国投科技成果转化创业投资基金二期、广东省半导体及集成电路产业投资基金等多个国家级和省级大基金。

接下来，结合开发区高质量发展的新特点，主要围绕三方面来推动金融赋能：一是围绕"制造业立区"，着力引进更多金融机构落户，提升区域金融资源供给，形成金融业支持实体经济发展的强大动力；二是围绕"科技创新驱动"，建设粤港澳大湾区科创金融示范区，推动金融赋能实体经济和科创产业高质量发展；三是围绕"中小企业能办大事"，为中小企业创新创业创造提供有力的金融支撑。

主要是从政策、产业、服务三方面入手，把金融要素资源引进来、留得住、运用好。

政策方面，充分发挥新出台"高质量发展30条"的政策效应，吸引各类金融资源到开发区来，和这里的科技、产业融合发展。同时，继续用好现有的"金融10条""风投10条"等政策，给予金融机构最高5000万元一次性落户和搬迁费用补贴，给予风投机构最高2000万元落户奖励，以实实在在、含金量高的政策吸引金融机构落户。

产业方面，围绕新型显示、集成电路、汽车制造、新材料、绿色能源、生物技术、高端装备、美妆大健康八大支柱产业集群，以科技创新和制造业的巨大需求牵引金融资源。

服务方面，通过线上线下融合的金融超市、科创金融服务基地，以及大湾区（黄埔）可持续金融中心、跨境理财和资管中心等载体，搭建政、金、企互动平台，在政策支持、供需对接、投融交流等方面发力，促进创新链、资金链、政策链和产业链高效对接，迸发强大合力。

为破解"企业找不到最佳贷款、银行找不到优质项目"的难题，2023年7月12日，广州开发区推出《广州市黄埔区广州开发区进一步深化"政银企"合作助力工业项目提前投产"赛龙夺锦"若干措施》（简称"赛龙夺锦"政银合作10条），旨在通过审批提速增效，并通过政银深化合作破解企业融资难题，实现"审批领着项目跑""资金跟着项目走"，大大缩短了企业融资贷款时效。

以往，企业申请项目融资贷款需要具备产权证、建设用地规划许可证、建设工程规划许可证、施工许可证，"四证"齐全才能放款，贷款从申报到批下来往往需要3至6个月。此次，广州开发区行政审批局会同广州开发区金融工作局，联动8家银行共同破题，推出"赛龙夺锦"政银合作10条，旨在通过审批提速增效，并通过政银深化合作破解企业融资难题，实现"审批领着项目跑""资金跟着项目走"，力促企业在提前投产的赛道上快速奔跑。

"赛龙夺锦"政银合作10条精准针对融资互动的难点、痛点，由广州开发区行政审批局依据项目贷款所需，出具有关投资额、建设规模、审批进度等意见函，为项目贷款进行适度"背书"，支持企业容缺开展项目贷款申报等工作，在项目证照齐全且符合贷款发放条件后，金融机构可于3个工作日内发放贷款。同时，对"赛龙夺锦"项目给予低于市场的贷款利率优惠，切实降低企业融资成本，鼓励和支持金融机构为企业提供流动资金贷款、中小企业贷款等多种形式、多渠道的金融产品支持。

多家银行打开了金融"百宝箱"，针对"赛龙夺锦"项目的需求推出各类金融产品和服务，比如"善新贷"就是专门面向其中的"专精特新企业""高新技术企业"等科技型企业的新产品，最快可一天放款。

广州泰菱科技研发有限公司项目负责人表示，广州开发区不仅为项目提供了个性化审批服务，现场解决企业筹建报批难题，本次出台的新政更是搭建了企业与银行之间的桥梁，大大降低了企业的成本。

未来，广州开发区还将进一步强化"区块链+信用"应用，搭建数字融资信用体系，为企业精准画像与信用定级，通过智数赋能提高金融机构贷前分析的准确性、快捷性，推动贷款审批提质增效。

根据开发区金融"十四五"规划，到2025年，广州开发区将建设成为服务粤港澳大湾区、具有国际影响力的"三中心一高地"——创新资本中心、科技金融创新中心、可持续金融中心和金融科技高地。

第三章

从"工业大区"迈向"工业强区"

常言有云:"物以类聚,人以群分。"产业也具有类似的特性。随着市场竞争的不断加剧,产业集群已经成为产业发展的重要组织形式,成为推动区域经济发展的重要力量。近年来,广州开发区着力推动产业集群化发展,发挥产业整体优势,塑造新发展动能,实现经济高质量发展。

产业为什么要聚集呢?我们的古人很早就意识到,成行成市,生意更"火"。西方的经济学家则认为,一个企业投资一个项目,有没有竞争力,不仅在于它的内部管理、技术等,还在很大程度上取决于它处于一个什么地理位置,是否能享有其他关联厂商和机构的溢出效应。

"聚是一团火,散则满天星。"产业集群能够使企业更好地获得具备专门技能的劳动者和特殊领域的供应商,能够使企业更方便地获取专业信息,能够使企业获得更好的补充性,能使企业获得更完善的公共服务，能使企业得到更好的竞争激励和市场检验。

随着时代的飞速发展，纳米技术已和信息技术、生物技术并列，成为当今世界科技发展的三大重要支柱之一。1纳米=10^{-9}米。如果把直径为1纳米的小球放在乒乓球上，差不多就相当于把一个乒乓球放在了地球上。

全国唯一纳米领域国家级产业创新中心——国家纳米智造产业创新中心落户广州开发区。纳米科技可能是中国在现代前沿科技领域里面为数不多的与世界同步发展的一个领域，作为共性底层技术，既是全球产业创新变革源头，也是全球产业竞争最激烈的战场。对比中美上市企业，苹果、英伟达、默克、波音等70余家大型企业深度布局纳米产业，美国涉及纳米科技的公司总市值约38万亿元人民币，中国此类公司目前合计约70家，总市值约2.5万亿元人民币，不到美国的1/15，中国纳米产业数量偏少、体量偏小、技术偏弱，发展机遇很大。国家纳米智造产业创新中心，将致力于填补基础研究和技术应用之间的鸿沟。

长久以来，中国国产手机的滤波器大部分依赖进口，广纳院的5G滤波器项目建成国内首条6英寸SAW滤波器芯片中试平台，解决了手机用5G通信射频前端的技术问题。

在中新广州知识城发展规划馆，工作人员向我展示了一个小玻璃瓶，里面装的是纳米机器人，这些肉眼无法看到的"纳米精灵"，居然可以像快递员一样"定点递送"，给人体内精准送药，这个"黑科技"惊得我下巴差点都掉了。

现有的肿瘤治疗药物除了杀伤肿瘤细胞之外，也会杀伤人体正常细胞。医用DNA纳米机器人可以直接通过静脉注射，借助DNA纳米结构特异性识别功能，待药物到达特定肿瘤位置，DNA纳米结构便会展开，其内部载带的药物旋即释放出来，使得抗肿瘤药物只针对特定肿瘤细胞产生作用。医用DNA纳米机器人可以直接在体内降解，不需要经过肝脏代谢，所以毒副作用非常低。

更令人期待的是广东广纳安疗科技有限公司正在转化一种针对肝癌和其他富血供肿瘤的纳米介入医疗器械，这种器械能在不同温度下呈现不同的流动效果，能智能地流动到肿瘤的末梢血管，然后实现永久栓塞，达到"饿死"肿瘤的目的。这项技术目前已进入临床研究阶段。

大脑退行性疾病也是纳米药物研发的重点，如阿尔茨海默病、脑间质肿瘤、帕金森病等，治疗的关键是药物要穿过血脑屏障，一般的大分子过不去，而纳米递送能起到穿透作用。再就是各种慢性疾病、罕见病，也是重要的研发方向。

此外，还有能实现长效抗菌的纳米材料，可以减缓近视发生的纳米护眼灯……

近年来，广州开发区坚持"制造业当家"，打造战略平台、优化产业链条、提升产业政策，加速产业聚集，形成了汽车制造、新型显示、集成电路、新材料、绿色能源、高端装备、生物医药、美妆大健康产业集群八大支柱产业。

1. 三城一岛　握指成拳

高楼大厦离不开坚实的地基，产业发展离不开战略平台。中新广州知识城、广州科学城、广州海丝城、广州国际生物岛就是广州开发区产业发展的战略平台。

广州开发区做强"三城一岛"战略平台，握指成拳，构筑高质量发展新空间——中新广州知识城加快完善"一核两心、一谷多园"空间布局，加快推进"三集群两高地"产业建设；科学城加快扩容提质步伐，持续推进国家"双创"示范基地建设；海丝城大力发展海丝数字、海丝贸易、海丝文旅、总部智造等新兴产业；生物岛加快形成"生物岛研发+三城生产""生物岛总部+三城基地"产业协同模式，同时推动穗港智造合作区、穗港科技合作园"一区一园"的建设，不断提升产业集聚集群水平。

中新广州知识城于2010年6月30日奠基，北面与白云区钟落潭镇、从化区太平镇接壤，东面与增城区中新镇相接，西面为帽峰山。蜿蜒南北20余公里的谷地，地势平缓，水系纵横交错。知识大道作为主动脉穿城而过，串联起城市各发展段落，形成典型的"鱼骨状"城市发展格局。

从一开始，中新广州知识城就被赋予引领广东省乃至中国产业转型升级，特别是知识经济发展的新引擎使命。

2018年11月，工业互联网标识解析国家顶级节点（广州）在中新广州知识城正式开通，成为全国五个顶级节点之一。目前已接入二级节点超50个，接入企业超36 000家，支撑着整个华南地区的工业互联网发展。

2020年8月，国务院批复同意《中新广州知识城总体发展规划（2020—2035年）》（下称《规划》），赋予中新广州知识城建设"知识创造新高地、国际人才自由港、湾区创新策源地、开放合作示范区"的国家使命。

《规划》实施以来，中新广州知识城紧紧锚定知识密集型产业前沿，大力打造"三集群两高地"，推动产业链"链主"企业牵头组建体系化、任务型的创新联合体，"知识创造新高地"跑出发展加速度。

中新广州知识城在聚才政策上精准发力，依托国家博士后科研工作站、国家海外人才离岸创新创业基地、国际人才自由港等人才服务平台，全球高端知识型人才不断会聚，超过100名战略科学家、1300名高层次人才在这里安家落户。

近年来，国家大科学装置、重点实验室如雨后春笋般建立，粤芯、康方生物等一批突破性关键技术的龙头企业扎根中新广州知识城。飞行起降动力学大科学装置高加速试验台投入使用；2平方公里科教创新区开创科研产业深度融合新模式；第三代半导体创新中心开辟新赛道；中新国际联合研究院建成6大研发平台；知识产权改革举措不断出新出彩，专利申请、授权及PCT（专利合作协定）国际申请等知识产权指标持续增长。

截至2024年6月18日，中新广州知识城实有注册经营主体数3.82万户，注册资本约7636亿元。其发展速度之快、创新能力之强、产业集聚度之高，令人惊叹。

锚定知识密集型经济发展战略，中新广州知识城加速培育壮大生物医药、集成电路、新能源汽车三大千亿级产业集群，集成电路产业也是中新广州知识城发展的一个重点。这里，落户了广东省目前唯一量产的12英寸芯片生产商——粤芯半导体。在智能网联和新能源汽车产业发展方面，中新广州知识城联合百度Apollo启动运营全球首个自动驾驶服务平台，落地中国最大规模的智能网联应用；创造了从全面动工到首车下线仅10个月纪录的小鹏汽车智造基地已正式投产，预计年产能可达12万辆。

这片232平方公里的土地，正成为日渐活跃于国际舞台的"知识中心"。

广州科学城的建设史，可追溯至1992年。广州市计委1992年编制的《广州东南部地区发展规划大纲》中，选定天河区的玉树村附近3.7平方公里，作为科学城起步区开发用地，当时称为"广州通信产业基地"。

1998年12月28日广州科学城奠基，2001年正式启动建设。经过5次规划扩容，如今的面积由最早的3.7平方公里，扩容至超过144平方公里，包含原科学城、云埔工业区、东区、永和开发区、长岭居以及广石化等地区。如今的科学城，有生态，有产业，有生活，有山有水，形成"城在林中、林在城中"的独特城市面貌。

早在2007年，微软、英特尔、IBM这三大世界IT（信息技术）巨头便相继落户到广州科学城。此后，科学城更是引进LG液晶显示、索尼……截至2022年底，广州开发区累计有135家世界500强企业设立企业（项目）315个，其中包括78家外资世界500强企业在区内设立179个企业（项目），而广州科学城拥有广州开发区超八成上市公司、超六成科技公司。科学城双创示范基地3次获得国务院督查激励。

广州科学城是广州开发区产值贡献最大、增长动力最强、高端要素最为密集的区域，集聚了京信通信等一大批创新型科技企业，吸引了全市超过1/4的高层次人才和1/3的科研机构，拥有专利授权数跃至全市第一名，成为引领高新技术产业发展的示范区。其产业发展定位为"全球智能制造基地"和"中国智造品牌中心"。从新一代信息技术，到人工智能，再到生物医药，在广州科学城，三大产业集群已颇具规模。在最新的《广州东部中心总体规划》中，广州科学城被定位为东部中心的战略支撑。

南海神庙附近的古码头，是公认的海上丝绸之路起点。一千四百年前，南海之滨的扶胥古港，千帆林立，商船如织。为打响千年海丝品牌，2023年，开发区提出建设广州海丝城，该片区北至广园快速路，东至广深沿江高速，西连天河区，南接番禺区，总面积84.51平方公里，其中陆域面积69.82平方公里。整个区域位于粤港澳大湾区100公里"黄金内湾"湾顶中心位置。作为古代海上丝绸之路的发源地，海丝城拥有千年海丝文化底蕴和良好的对外贸易基础，辐射带动湾区腹地的优势明显，将成为粤港澳大湾区新发展格局战略支点先行区。

鱼珠被网友称为"广州开发区未来最靓的仔"。作为广州第二CBD（中央商务区），鱼珠片区西连广州国际金融城，东接黄埔产业腹地，具有承接中心城区金融资源外溢，促进金融、科技、产业融合发展的天然区位优势。鱼珠片区以护林路为轴带打造十里数字经济产业长廊，建设中国软件CBD、中国游戏软件谷等11个重点产业园区。广州人工智能与数字经济试验区（鱼珠片区）已获批成为省级合作平台，并成为广州推动数字经济发展的重要战场，成功创建国家通用软硬件（广州）适配测试中心，引进了飞腾［国产CPU（中央处理器）］、麒麟软件（国产操作系统）2家龙头企业，产业研发机构达到14个。

当前，鱼珠片区规上企业已接近1100家，总营收（产值）超3400亿元，其中数字经济核心企业数量达95家，总营收（产值）接近200亿元。

广州国际生物岛是珠江中的一座小岛，占地仅1.83平方公里，岛上植被丰茂，生机盎然，从高空俯视，让人联想到生命的绿洲。

广州国际生物岛集聚了530家企业，其中世界500强企业8家，阿斯利康、丹纳赫、恒瑞、百济神州等龙头企业竞相布局、集聚成势，金域等"链主"企业引领全链创新。其中，金域医学成长为全国规模最大的第三方医学检验机构；燃石医学作为全国首家肿瘤二代基因测序领军企业在纳斯达克上市；赛莱拉是中国新三板首家挂牌上市干细胞企业，干细胞专利授权数量居全国第一。广州国际生物岛正加速融入全球生物科技创新版图。

广州国际生物岛已聚集了广州实验室、人类谱系国家大科学装置等一系列重大创新平台，成为推动广州生物产业创新发展的策源地。由金域全额投资、位于广州国际生物岛的广州国际医学体外诊断产业创新中心正在建设中,届时其将整合国内外体外诊断上下游优质资源,构建智慧医检数字经济示范应用基地,为广州构筑具有全国甚至全球影响力的高端生物医药产业空间布局贡献力量。"研发在生物岛、中试在科学城、制造在知识城"的产业链发展格局已经形成。

近年来,广州开发区全力打造中新广州知识城"国家知识中心",全面提升广州科学城"中国智造中心",积极创建广州海丝城"新型商贸中心",持续做强广州生物岛"国家生物经济先导区"。提出中新广州知识城要在中新"全方位高质量的前瞻性伙伴关系"上做出新示范;科学城要在"制造业当家"上扛起新担当;海丝城要在服务国家共建"一带一路"倡议上展现新作为;生物岛要在广州"建设全球生物医药创新与产业发展高地"征程中贡献新力量,打造集成集约的产业增长极。

在支持中新广州知识城高质量发展方面,将更好发挥广州知识产权法院和广州知识产权仲裁院的作用,积极引入一批港澳知识产权服务机构,加快建设国际知识产权仲裁机构和官方机构,为粤港澳大湾区知识产权合作提供快速授权、确权、维权等服务支撑,支持开展粤港澳知识产权金融、保险、贸易活动,研究设立知识产权银行,导入港澳优质企业项目,高标准建设中新广州知识城知识产权服务园区,全力打造国际知识产权协同创新示范区。

在促进科学城高科技创新方面,将以建设具有国际影响力的

"中国智造中心"为目标，深化与港澳的创新协作、产业协同，大力推动互联网、人工智能、大数据和实体经济深度融合，扎实推进制造业创新中心建设工程、智能制造工程、工业强基工程、绿色制造工程、高端装备创新工程，实施一批集聚发展工程和示范应用项目，充分把握科技创新的区域集聚规律，推动制造业向产业链价值链创新链高端发展，打造国际领先的创新型产业发展集聚区。

在推动海丝城高起点规划方面，将加快激活以数字海丝业、海丝商贸业、海丝文创业、海丝总部制造业为代表的黄埔港海丝轴，不断拓展对外交往新空间，持续深化多层次、多领域、多维度文旅经贸和交流，重点扶持自主知识产权、自主品牌、自主营销和高技术含量、高附加值、高效益产品，不断提高对外开放的格局与层次，加快实现开放动能新转换。

在加快生物岛高标准建设方面，将充分发挥广州实验室等重大平台示范带动作用，聚焦生物药、化学药、高端医疗器械、检验检测等重点领域，加大生物医药研发创新平台布局，盯紧世界500强、全球行业100强、细分行业领域全球50强企业，以及生物医药科技链、创新链的专精特新、隐形冠军、科技"小巨人"企业，推动其在生物岛设立区域总部、研发中心、生产基地等，加快实验室自建检测方法创新试点政策落地落实，打造世界级生物医药集聚区、全球生物产业创新高地。

2. 产业生态 六链融合

在营销界，流传着这样一句话："三流企业做产品，二流企业做品牌，一流企业做标准，顶级企业做生态。"

作为广州市实体经济主战场、科技创新主引擎、改革开放主阵地，近年来，广州开发区将营商环境的核心要素由政策政务服务转向产业生态构建。

构建产业生态，最重要的是引进龙头企业，培育龙头企业，以龙头企业带动产业性战略聚集。

2021年1月15日，现代汽车与广州市政府签订投资协议，在广州开发区成立现代汽车氢燃料电池系统（广州）有限公司。建成投产后，HTWO广州不仅是粤港澳大湾区规模最大的氢燃料电池汽车系统生产基地之一，也将加速粤港澳大湾区氢燃料电池汽车产业链完善，推动新能源汽车产业的高质量发展。

现代汽车氢燃料电池系统（广州）有限公司副总经理表示："现代汽车集团在中国考察了很多地方，最终选择了广州开发区。"他表示，氢能产业处于发展初期，产业链的发展培育需要各个环节一起努力，在这一过程中，政府的支持引导非常重要。早在2019年，广州开发区就率先发布《促进氢能产业发展办法》，后来，政策再次"加码"升级，氢能项目落户最高奖励1亿元——正是这种支持促使现代汽车集团最终决定将首个海外氢燃料电池系统研发、生产、销售基地落地广州，并不断开启新合作。

HTWO广州于2023年6月竣工投产至今，以广东氢能示范城市群为中心推广普及了150台氢燃料电池系统。其中，100台氢燃料电池系统搭载于现代商用车（中国）生产的4.5吨物流车，已逐步完成推广应用。2023年12月广州黄埔马拉松赛事期间，此款氢燃料电池物流车及氢燃料电池巴士、氢燃料电池SUV-NEXO分别作为赛事运输车辆及领跑车投入使用，助力打造国内独一无二的"绿色零碳马拉松赛事"。

同时，HTWO广州与福龙马集团合作开发了40台密闭式桶装环卫车，以氢燃料环卫车助力城市净化。这也是国内最大规模的单次氢燃料环卫车普及应用实例。此外，HTWO广州携手国内优秀整车企业，通力合作，持续开发并普及符合市场需求的多种车型。

当前，氢能产业仍处于初期发展阶段，仅靠少数企业的发展远远不够，氢能产业链上下游企业携手并进，创造协同效应，才能推动全产业链持续发展。HTWO广州于2023年5月与广州市氢能产业领军企业恒运集团及广州开发区交通投资集团成立燃料电池系统及零部件合资公司，不断推进本地化进程，今后将继续加强与当地优秀企业合作的广度与深度，努力使更优质的产品在市场上普及，加快我国氢能社会的发展。

在"双碳"背景下，新型储能产业迎来万亿级蓝海。作为广州实体经济主战场、科技创新主引擎的广州开发区，正以"二次创业"的姿态，抢占新型储能产业制高点，力图将新型储能产业打造成为"制造业当家"的战略性支柱产业。新型储能产业狂飙突进的背后，是广州开发区日臻完整的产业链、专业高效的政府服务、高水平科创平台共同构建的高质量产业生态圈。

古人云，不谋全局者，不足谋一域。

一个地区的产业发展，最重要的是超前引领，科学布局。为了营造产业健康发展的良好生态，广州开发区发挥先行先试优势，创新性地提出"六链融合"的新型产业生态，这六链分别是产业链、创新链、人才链、数据链、资金链、政策链，着力提升产业链能级、激发创新链活力、强化人才链支撑、深化数据链赋能、优化资金链配置、加快政策链贯通。

在产业链上，创建实施"双链制"。

2021年，"链长制"首次被写入广东省政府工作报告，足见广东对产业链安全的重视。对此，广州开发区尝试以"双链制"增强"产业黏性"，成为广州推进"链长制"的种子选手，实现"双链"互动、"双链"驱动。

"双链制"通过构建以"六个一"（一名链长、一个链主企业、一个产业链联盟、一组产业链架构图、一批公共服务平台、一套扶持政策）工作体系为核心的"双链制"，加速构建完整产业链条。

由一名区级别主要负责人担任链长，协调产业链上下游各种矛盾和困难化解、企业帮扶、市场需求拉动、要素保障等；由一家龙头企业担任链主，加快促进产业链上下游、产供销、大中小企业协同发展，进一步延伸产业链、提升价值链、打造供应链。

同时，建立一个产业链联盟，打通研发设计、生产制造、集成服务等产业链条，构建核心技术自主可控的全产业链生态；推出一张产业链架构图，全程掌控产业链供应链创新链；建立一个公共服务平台，最大限度地降低企业研发成本负担；出台一套扶持政策，围绕产业链痛点堵点，实施"硬核"支持措施，构建具有国际竞争力的全产业链政策体系。

例如，以视源股份为链主企业，打造世界新型显示之都；以广东粤港澳大湾区国家纳米科技创新研究院为链主企业，打造新材料产业高地。

这些举措，无疑有助于广州开发区增强产业链自主可控能力，加快实现产业链集群化、供应链本土化、创新链自主化，形成万亿元产业生态圈，打造万亿元级产业最强集聚力。

视源是以液晶显示主控板卡和交互智能平板等显控产品的设计、研发与销售为主营业务，是国家制造业双创试点企业、国家技术创新示范企业、国家知识产权示范企业。2022年营收规模达到200多亿元，整体的净利润20多亿元。

作为新型显示产业的"链主企业"，广州视源电子科技股份有限公司深有体会。"以前跟上下游企业交流可能存在沟通不畅的情况，有了广州开发区在产业链上搭建的平台，企业间沟通成本、信任成本降低了许多，更有利于打造产业链上下游抱团式发展'朋友圈'。"广州视源电子科技股份有限公司副总经理表示，企业的快速成长得益于开发区营商环境的持续升级，对于未来民营经济发展信心十足。

广州开发区围绕产业链，部署创新链，以"创新引擎"驱动产业升级。

最值得一说的是打造"2+3+N"战略科创平台。

坐落于广州科学城科创走廊腹地的粤港澳大湾区国家技术创新中心（简称"大湾区国创中心"）是根据国家战略部署打造的跨区域、跨领域、跨学科、跨产业的三个综合类国家技术创新中心之一，是国家在粤港澳大湾区布局的战略科技力量、国家区域创新体系的"四梁八柱"。

目前，广州开发区正打造以大湾区国创中心等为引领的"2+3+N"战略科技创新平台集群，建设重大科技创新平台超过30家，集聚各类科研机构超1000家，新型研发机构集聚度和创新能力处在全国前列。

完善"科技型中小企业—高新技术企业—瞪羚企业—独角兽企业"科技企业培育链条，形成全链条科技成果转移转化机制，加快创新型企业培育。

广州开发区提高产才融合水平，打造高水平人才高地，形成了以121名院士、1476名高层次人才为引领的"百千万"人才集群；引进西电、广大和社科大3个研究院，首创了"上管老、下管小"的人才服务体系。

制造业的数字化转型，决定着制造业未来的竞争力，广州开发区完善数字基础设施，推进产业数字化进程。落户工业互联网标识解析国家顶级节点，建设广州人工智能与数字经济试验区、大湾区国家大数据综合试验区，成立南方数据服务联盟。

产业的发展，一刻也离不开金融的活水。广州开发区推动

"资金链"融入产业发展全链条和企业发展全周期。全区风险投资机构超700家,管理资金规模1670亿元;实施上市苗圃培育,上市企业累计83家;打造10亿元规模人才引导基金,引导撬动约75亿元社会资本;首创门店式金融服务超市;完善"开信融"平台;优化普惠贷款风险补偿机制;推动碳金融衍生品等绿色金融产品创新等,持续提升企业融资便利度。

产业的发展离不开政策的有力支撑,广州开发区以制度创新和政策突破打通产业发展的痛点和堵点。首创省区共同推进生物医药产业发展模式,打造省燃料电池汽车商业运营示范区,获批市智能网联汽车道路测试先行试点。

为了增强产业韧性,还需要强链补链,这是打造产业链的重要环节。2023年广州开发区大力发挥招商引资在强链补链中的作用,抢占智能网联与新能源汽车产业制高点。

这一切,得益于精准、高效的靶向招商。

招商之前,首先进行科学"把脉"。第一时间响应省、市保供举措,牵头梳理广本在长三角存在供应风险的123家供应商。开展智能网联和新能源汽车系统模块核心价值链分析,构建153家产业链企业图谱,将其中57家核心零部件供应商列为重点招商对象。

其次是紧紧把握保供形势,与广汽等整车厂联动,及时对接、高位推动,主动赴上海、湖州、南京等地对重点产业链项目进行靶向招商,针对供应链厂商的不同特点,制定对口招商策略。利用广发证券等区内知名投资性企业和国有资本的产业资源,深挖招商线索,及时转化为落地项目。围绕广汽本田、小鹏汽车两大区内企业,加快培育、深化挖掘,汇聚产业链资源。

最后,充分利用重点项目工作专班机制,推动区发改局、规划和自然资源等部门与上级部门协调办理生产资质、用地手续,加快项目落地进程;为投资意向明确的企业多渠道寻找选址,积极与汇专、极飞协商低成本退地,盘活区内闲置土地资源"腾笼换鸟",力促优质项目当年洽谈,当年落地。

强链补链工作,成效显著。小鹏汽车整车生产资质获批;供应商上市企业广东鸿图落地。此外,国家专精特新企业瑞立科密电控系统总部、福特智能座舱供应商六环科技、无人驾驶卡车头部企业千挂科技,将大力推动开发区传统汽车产业转型步伐,助推开发区汽车产业高质量发展。

打造良好的产业生态,做好产业发展的守护者,想企业之所想,急企业之所急,让广州开发区真正成为企业和人才离成功最近的地方。

3. 产业布局　四梁八柱

思路决定出路,格局决定结局,布局影响全局。

产业布局,就是运筹帷幄、决胜千里的战略地图。

在产业发展的布局上,广州开发区一手抓传统产业转型升级,一手抓战略性新兴产业壮大,不断优化营商环境,加大政策供给，为重大项目的动工建设按下"快进键"。

产业发展的路径上，广州开发区坚持两条腿走路，做到内外兼修：一方面是招商引资吸引高端龙头企业落户，另一方面大力扶持企业自主创新成长。

2021年，对外发布《黄埔区广州开发区冲刺万亿制造行动计划》，率先吹响"万亿制造"的号角。该计划的核心抓手是"四梁八柱"，所谓"四梁"是指空间资源、创新引领、数字转型、品牌质量之梁；"八柱"是指新型显示、集成电路、汽车制造、新材料、绿色能源、生物技术、高端装备、美妆大健康八大产业集群，被称为开发区工业的"八大金刚"。

新型显示是新一代信息技术的组成部分，也是战略性新兴产业发展的重点。近年来，各地政府将战略性新兴产业作为发展的着力点，新型显示也是政府招商引资重点关注的产业。广州是新型显示产业发展重镇，并且在印刷显示、超高清超高速摄录设备研发方面实现多项全国首创、世界领先。

作为新型显示制造产业集聚核心，广州开发区已经汇集了电气硝子、创维电子、视源股份等全球显示行业龙头企业，聚华显示获批建设印刷及柔性显示国家级创新中心。同时，一大批上游的设备、原材料和零组件企业，中游的面板制造与模组企业，下游的整机企业，协同发展的平板显示产业链在区内不断扩大，成为国内技术最先进、生产规模最大、产出效益最高的液晶面板基地之一。

在中新广州知识城，创维集团打造了智能产业创新基地超高清显示科技产业园。

2022年9月29日，TCL华星第8.6代氧化物半导体新型显示器件生产线项目（简称"TCL华星广州T9项目"）投产仪式于广州市开发区举行。该项目投资350亿元，月产能18万张玻璃基板，是国内首条专门生产高端IT产品及专业显示的液晶面板高世代产线。项目的建设，将有力助推广州打造"世界显示之都"。

在集成电路领域，以粤芯半导体为龙头核心，引进日月新封测厂、拉普拉斯等重点项目，推动中科飞测、深南电路、富乐德、志橙半导体SiC材料研发制造总部相继落地，不断助推广东省打造集成电路"第三极"。已集聚半导体材料、半导体设备、集成电路设计和制造、封装测试、汽车电子、计算机等集成电路产业链相关企业超200家，占广州90%以上，广州开发区拥有了华南地区最大的集成电路产业基地。

平台方面，已在中新广州知识城建设集成电路产业园，产业园整体规划面积达6.6平方公里，将布局形成"研发设计—中试生产—封装测试"全产业链。按照规划，至2025年，这里将建设成为领先的集成电路产业园，产值规模近千亿元；至2035年，基本建设成为具有影响力的综合性集成电路产业园。

芯片被喻为"工业粮食"，是所有整机设备的"心脏"。我国是全球最大的芯片消费国，从2006年开始，小小的芯片超过石油成为我国最大宗进口产品。全球近60%的芯片市场在中国，中国近60%的芯片市场在珠三角。遗憾的是如此庞大的需求量，广州以前却没有芯片厂。直到2017年12月，尴尬的局面才发生改变。这里不得不提一个叫陈卫的人。

陈卫是土生土长的广州人，1982年毕业于中山大学物理系半导体专业，去英国留学后加入当年的新加坡特许半导体，也就是现在的Global Foundries（格罗方德半导体股份有限公司），回国后来到上海，始终坚守在半导体行业。2017年，他带领一批芯片技术人才，在中新广州知识城建设粤芯半导体。

在一众期待的目光下，粤芯半导体快速崛起：从开始打桩到真正量产不超过18个月，同为12英寸芯片厂，粤芯比芯片巨头博世快了2年时间。

2020年12月，粤芯半导体一期项目实现满产运营，产品良率已达到97%以上。粤芯半导体成为广州第一条12英寸芯片生产线，也是广东省及粤港澳大湾区目前唯一进入量产的12英寸芯片生产平台。这标志着广州先进制造业"缺芯"成为历史，为广州链接半导体产业跨出第一步，并带动广州乃至粤港澳大湾区新一代信息技术、消费电子、人工智能等产业发展。

正所谓，春江水暖鸭先知，行业的聚集速度之快超乎想象，在粤芯项目动工的前一天，就有15家企业闻风而至签约落户广州开发区集成电路产业创新园区，其中还包括规模达50亿元的集成电路产业基金。

粤芯的发展，不仅吸引了芯片产业相关企业集聚，还带动了新材料产业领域的科技企业落地。距离粤芯半导体约5公里远的烯湾科城（广州）新材料有限公司便是其中的代表。

"烯湾科城选择落户中新广州知识城，正是考虑到这里不断完善的产业生态,我们已与粤芯半导体达成合作。"烯湾科城运营副总经理表示。烯湾科城于2019年引进,将碳基复合材料、新能源与氢能源一并列为企业的重点突破方向。

作为湾区首个量产的12英寸集成电路项目,粤芯是国家集成电路重大生产力布局承载主体。粤芯一期项目于2021年实现产值13亿元,二期项目于2022年年底达产,两期达产产值45亿元,占广州市集成电路制造80%的产值。其计划在一、二期的基础上,着眼新领域拓展延伸,瞄准工业及汽车模拟芯片,新建设总投资162.5亿元,月产能4万片的三期项目,这也是广州市当年最大的新建产业项目。

三期项目规划打造工业级和车规级模拟特色工艺平台,主要应用于电力电子、服务器、5G基站及汽车电子的功率器件芯片、信号链芯片、电源管理芯片、微控制器芯片及图像传感器等多种产品。项目的建设还可一定程度上聚集和培养国内集成电路人才,为行业扩大人才储备,夯实广东省集成电路基础,具有战略性意义。

这个项目的落地,可谓困难重重,但开发区铁军迎难而上,体现了超乎寻常的战斗力。

首先是土地问题,企业强烈要求三期项目能与一、二期项目连片建设,但一、二期项目周边涉及限、禁建区,唯一可用的地块早已出让给金发公司项目。在区领导统筹下,区投促局与知识城建设办迅速与金发公司启动用地谈判,而金发公司提出须置换科学城范围内同等面积用地,还须一并购买现有厂房内现有设备，项目用地置换成本极高。而粤芯项目建设须在通过窗口指导后立即启动，谈判时间极其有限。

区投促局为三期项目腾挪用地，提出两项创新举措：一是将科学城地块的出让年限从50年压缩至38年，降低土地总价；二是协调区属国企购买金发公司项目设备，降低收储成本。在此期间，区领导参与谈判会议数十次，最终落实项目用地，通过用地置换的形式为三期项目通过窗口指导提供了重要支撑。

其次是审批层级高、获批难。芯片制造项目须通过国家窗口指导审批后才能实施，而且审批严格、审批时间普遍较长。粤芯一、二期项目历时3年才通过审批。

区投促局靠前服务，专班推动窗口指导审批。在窗口指导准备阶段，区投促局与粤芯共同成立了专班小组，协助粤芯准备申报材料；在申报阶段，区投促局配合区发改局贴身服务，从材料报送到审批跟进，事无巨细协助粤芯沟通协调省市相关部门及国家部委，以最高效率推进。申报工作于2022年4月启动，7月取得批复，历时3个月，仅为一、二期审批时间的十分之一，为项目建设投产争取了宝贵时间。

最后是落地诉求高、扶持大。国内其他区域同类项目扶持力度很大，粤芯希望对标其他区域类似项目给予扶持。

面对粤芯的诉求，区投促局从一、二期项目双方的良好合作基础出发，积极从产业集聚、创新生态、营商环境等方面与粤芯开展了多轮次谈判沟通，用心用情留项目，并积极协调省市部门对二、三期项目给予扶持，以"小代价"争取粤芯三期落地，推动集成电路产业"大集聚"。

  粤芯半导体副总裁李博士表示："广州开发区给予我们很好的信任审批，使原本需要按序列进行的审批流程可以同步进行，大大缩短了审批时间。在办理各种安评、环评手续时，我们还可以同步进行场地建设，同步从国外采购相关设备，一点都不耽误工程的总体进度。"

  2023年7月28日，粤芯半导体新建12英寸集成电路模拟特色工艺生产线项目（三期）主厂房顺利封顶。

  伴随着三期项目的落地，国内集成电路设备龙头北方华创、国内EDA软件龙头全芯智造等项目纷纷前来洽谈项目落地。开发区以粤芯项目为抓手，已落地慧智微射频芯片、拉普拉斯半导体设备、巨风芯IGBT器件等一批优质项目。三期项目建成后将吸引更多集成电路上下游企业和人才聚集，将有效促进集成电路产业的产业链、价值链、创新链、供应链、人才链多链融合发展，加快打造全国集成电路第三极核心承载区。

  汽车制造业是广州开发区三大千亿级支柱产业之一，也是全区"万亿制造"重点打造的产业之一。2023年，全区汽车产业产值达1670亿元，占全区规上工业产值19.4%，聚集了以小鹏汽车、导远电子为代表的一批整车及关键零部件生产企业，集聚上下游企业超80家，形成了东部、南部和北部三大汽车产业集群，构建了从上游生产装备、中游零部件制造到下游整车制造的传统汽车和新能源汽车双轮驱动发展格局，形成了以整车制造为核心、零部件企业聚集、初创型企业不断孕育而生的完整产业链。

新能源汽车零部件小巨人产业园2022年已在科学城核心区动工，围绕汽车龙头企业，已引进奥托立夫、导远电子、法雷奥、瑞立科密等多家优质汽车上下游企业。

2023年2月，小鹏汽车广州工厂正式投产，该工厂位于广州开发区内的"中新广州知识城"，设计年产能12万辆，是继小鹏汽车肇庆工厂后，集冲压、焊装、涂装、总装四大工艺车间及新款车型试制、整车生产等业务于一体的智能网联汽车智造工厂。

2023年以来，广州开发区出台多项政策支持汽车产业供需对接合作，鼓励引进智车系统等核心关键零部件生产企业，助力企业近地化供应。5月23日，出台汽车产业链高质量发展三年行动计划，明确以汽车智能化、电动化为抓手，开展关键核心技术创新攻关，发挥整车企业带动作用，着力补齐核心零部件短板，打造自主可控、高质量、高效益协同发展的现代化汽车产业链，推动全区汽车产业高质量发展。

在新材料产业领域，广州开发区不断优化产业布局，培育完整产业链，已集聚247家规上工业企业。形成了以新型高分子材料、先进金属材料等先进基础材料为主导，电子信息材料、先进石化化工材料等关键战略材料为增长点，前沿新材料为发展新动能的产业发展格局，聚焦纳米材料、半导体材料、先进化工材料、新能源材料等重点领域，大力引进"院士团队项目"，如谢毅院士领衔的纳米防火薄膜项目、赵宇亮院士领衔的广纳院发展期项目以及闵永刚院士领衔的新兴电子材料研究院等。

一批优秀公司在此聚集，在高性能、高分子材料领域优势明显，如：金发科技聚焦高性能材料研发；天赐材料致力于精细化工新材料研发，拥有日化材料及特种化学品、锂离子电池材料、有机硅橡胶材料三大业务板块；2021年5月21日登陆科创板的三孚新科从事表面工程化学品研发生产；另一家科创板上市公司洁特生物致力于生物实验室耗材的研发生产，其发展也根植于开发区深厚的产业链基础。伴随新材料行业的企业不断向新材料、高附加值的高端产品提供商转型，新材料已成为开发区三大千亿元级产业集群之一。

在新能源领域，2018年9月，广州开发区获批建设国家新能源综合利用示范区。近年来，开发区不断强化能源保供能力，改善能源供应结构，壮大绿色能源产业体系，以节能降碳、协同增效促进经济社会发展全面绿色转型。

天赐材料、南网综合能源、智光电气、孚能科技、TCL中环、雄川氢能等细分领域冠军集聚发展。鸿基创能建成全国规模最大、技术水平最高的燃料电池膜电极自动化生产线。

国内首家实现质子交换膜燃料电池膜电极大规模产业化的企业，鸿基创能自2018年落户开发区，以星星之火在新能源领域逐渐烧成了燎原之势。时至今日，鸿基创能填补相关领域国内空白，为国内外燃料电池厂商提供低成本、高性能的膜电极核心组件，实现膜电极年产能1000万片。2022年，鸿基创能出货量处于国内第三方膜电极供应商的首位。

"通过规模化生产，我们把膜电极的价格从每千瓦近1200元降到了每千瓦低于500元。而膜电极可以装成各种燃料电池堆被应用到各种场景里。"鸿基创能公共关系总监表示，与此同时，氢储能作为新型储能主要技术路线之一，其发展潜力仍有待挖掘，当然这个过程需要政府引导、技术研发、产业配套以及资本助力等各个环节同时发力。

目前，广州开发区已落户近50家氢能上下游企业和机构氢能产业链方面企业，七大核心零部件均有相关企业落户，正在加快质子交换膜项目的沟通洽谈。氢能产业载体方面，已建成投运包括湾区氢能孵化中心、广州高新区氢能科技园、湾区氢谷（一期）在内的3个氢能产业园，加快建设广州国际氢能产业园起步区黄埔氢能创新创业中心项目和湾区氢谷二期等园区。氢燃料电池汽车示范应用方面，全区现运营车辆近300辆，正在推动物流等领域500辆以及后续1000辆氢能泥头车的应用。加氢站方面，已建成10座加氢站。氢源保障方面，广石化年产1500吨高纯氢项目已于2021年底建成投产，广石化年产3600吨二期制氢项目已进入工程建设阶段，正在推进包括广石化恒运年产7500吨二期制氢、粤华发电年产2400吨电解水制氢、广州供电局年产400吨电解水制氢在内的3个制氢项目。2023年全年兑现氢能十条2.0加氢站运营补贴、加氢站建设扶持、氢能企业贷款贴息共计1286.6534万元。

新型储能产业是实现碳达峰碳中和目标的重要支撑，也是催生能源新业态、抢占战略新高地的重要领域。省委高度重视新型储能产业发展，先后多次召开专题会议研究部署，强调"把新型储能产业打造成为我省制造业当家的战略性支柱产业，发挥招商引资在强链补链中的作用"。

开发区投促局抢抓机遇，按照"抓龙头、补链条、强配套、聚集群"的思路，锚定新型储能产业开展大规模、成建制、全链条招商，攻坚克难、专班跟进，克服重重困难，虎口夺食突围储能新赛道。

广州不是新型储能产业的主战场，中西部及长三角地区依托用电成本，已成为落地新型储能项目的主战场、规模化发展的前沿阵地。广州开发区没有被困难吓倒，而是直面问题，抢抓机遇，找准主攻方向。以碳达峰碳中和为目标，抢抓新型储能产业发展机遇期，结合开发区实际深入调研分析新型储能产业，并绘制产业链图谱。对准产业短板弱项，锚定新型储能电池、太阳能电池（组件）、变流器（逆变器）、设备及系统集成等关键领域，梳理95家目标企业列为重点招商对象。

面对产业布局缺乏优势、产业链不完善的问题，开发区整合资源，创新招商模式。与市属国企、区内企业联动，利用广发证券等区内知名投资性企业和国有资本的产业资源，深挖招商线索，及时转化为落地项目。针对项目的不同特点和需求制订精准招商活动方案，以"大兵团"和"小分队"相结合的方式精心组织TCL中环、孚能科技等项目洽谈，精准发力、综合施策，切实提高头部企业招商成功率。

面对项目落地要素不足、企业落地难度大的问题，开发区统筹谋划，击破项目落地堵点。与时间赛跑，充分利用重点项目工作专班、"信任制"筹建等机制，与自然资源、财政等部门以及国有资本联动，争取省市财政支持，解决TCL中环项目征地拆迁、土规调整、林地报批等"卡脖子"问题，为孚能科技项目提供方案规划、厂房代建、资金保障、人才政策咨询等"一条龙"服务，力促优质项目拿地即动工。

一子落，满盘活。

一个个龙头大项目，为开发区争当双碳尖兵提供了有力支撑。

2023年末，又一个振奋人心的消息传来，广州电投新能投资发展有限公司正式成立，这是广州开发区控股集团有限公司联手国家电力投资集团有限公司打造的百亿级新能源产业投融资平台，平台将聚焦风能发电、光伏发电、储能电站等新能源项目进行投资开发，助力广州高新区新能源产业高质量发展。凭借本次百亿级新能源产业投融资平台的成立，广开控股和国家电投集团将深化在新能源产业链的投资与布局，引领带动新能源产业重点项目扎根广州高新区，助推区域加快构建绿色产业集群，打造央地合作新典范。

生物医药一直被认为是我国工业门类中的弱项，是政府产业发展中的一块"硬骨头"。几年以前，说起广州的医药企业，最值得一提的就是广药集团。现在广州开发区已经能够数出不少龙头企业，形成了从基础研究、技术研发、临床试验到中试、量产的完整产业链。

2006年，广州国际生物岛获批为首批国家生物产业基地之一。广州开发区获评中国生物医药最佳园区奖、中国生物医药园区创新药物潜力指数十强，每年新增新药临床批件近百件，连续数年全省第一，引进了阿斯利康、赛默飞、恒瑞医药、百济神州、诺诚健华、康方生物等国内外知名企业。

全区已聚集生物医药企业超4800家,其中高新技术企业443家,上市企业20家,占全市74%。生物医药产业已经形成了研发在生物岛、中试在科学城、制造在知识城的全产业链生态布局,获批创新药数量跃居全国开发区前列,产业规模持续扩增,产业发展势头迅猛。

得益于在体外诊断和第三方医学实验室上的积淀,广州开发区医药生物企业在疫情防控中发挥了骨干作用,其新冠病毒核酸检测试剂盒供应量占全国四成,取得"三个全国第一""三个全国最大"战略成果:达安基因是全国第一批研发出核酸检测试剂盒的企业之一,也是全国最大的核酸检测试剂盒生产企业;万孚生物是全国第一批研发出抗体快检产品的企业之一,也是该类检测产品最大的生产企业;金域医学是全国最大的第三方核酸检测服务机构。

特别值得一提的是,2017年广州开发区管委会成功引进了GE生物科技园项目。GE生物科技园项目由世界500强企业通用电气公司(GE)旗下GE医疗集团与广州开发区合作建设,设立GE在亚洲首个生物科技园。项目首期占地面积35万平方米,建设超十万升的全国最大的单克隆抗体类生物药生产基地,成为汇集单抗、双抗、细胞治疗等多种抗肿瘤先端技术的国际一流生物医药园区。该项目以多个GE独创的"乐高式"生物制药模块化工厂(KUBio™)及FlexFactory生物制药灵活生产平台为核心,提供符合国际GMP(《药品生产质量管理规范》)标准的设备,并可大大缩短建设周期，同时降低50%的厂房建设成本，帮助生物制药企业加速药品商业化进程，提高生物制药效率，降低生产成本，使更多更好的抗癌新药更快地产业化。

随着GE生物科技园的落户，带动了一大批顶尖生物医药企业的落户，形成了强大的产业聚集效应。纳斯达克上市企业百济神州是科技园最早动工建设的项目，从设计动工到竣工仅耗时两年半，将以数万升的反应器生产自主研发的PD-1抗癌药百泽安，其临床治愈率约为现有PD-1药品的3倍，同类最佳；进入国家医保后价格降至原来的十分之一，每年约4万元，是美国同类药最初价格的近四十分之一，大幅降低了患者负担，成为中国销量最高的PD-1药。

国内制药知名企业绿叶制药、诺诚健华、恒瑞医药、康方生物等标杆性企业也先后在开发区落户。伴随着众多生物医药顶级项目的崛起，国际著名的生物学家王晓东院士、施一公院士等也到开发区创新创业，"人才是第一资源"在这里得到充分实践。

另外，开发区陆续出台专项生物产业政策，成立百亿生物产业基金，联合高等院校培育人才，为生物新药上市及纳入医保目录争取支持。这一系列工作促进了国际领先的生物企业加速集聚，并形成产业生态圈。

广州开发区打造以GE生物科技园为核心的生物产业集聚区的经验得到联合国贸发会议的肯定，因此获颁联合国"2019年度全球杰出投资促进机构大奖"。

2022年8月，阿斯利康中国南部总部正式运行，这正是广州开发区通过招商引资吸引高端龙头企业落户的典型案例。阿斯利康计划新设广州生物诊断中心作为其南部总部的重要内容，分为共研中心、临检中心和培训中心三部分。其中，共研中心为共研孵化平台，将携手诊断生态圈内合作伙伴引进国际前沿技术，并联合科研院共创诊断新技术。

在中新两国政府的支持下，百吉生物在国内的总部——华南地区最大的免疫细胞药物商业化生产基地已建成并试产，将成为面向中国市场的重要载体，主要用于基于CAR-T/TCR-T等平台布局的多管线细胞药物的研发、转化及生产。法国科学院院士、百吉生物科学委员会主席兼首席科学家Jean-Paul Thiery教授表示："这里一年的变化，在法国要50年！"

2022年9月，美国制药巨头赛默飞世尔科技（以下简称"赛默飞"）宣布在广州开发区加速推进赛默飞粤港澳大湾区基地继续建设。2023年10月该项目竣工投产，实现全球首台最先进的Dionex离子色谱分析仪以及赛默飞在中国首台电子显微镜的生产，填补国内空白。2023年投产并实现产值2亿元，2024年产值预计超5亿元。开发区全流程服务受赛默飞认可，主动引荐更多医药设备及上下游企业来投资落户，形成招商筹建良性循环。

2023年2月，全球医疗器械100强费雪派克的急症、呼吸治疗医疗器械制造项目在中新广州知识城开工。这是费雪派克建设的全球第三个、亚洲首个生产基地，将生产医用及家用高流量呼吸湿化治疗仪及耗材，服务于中国市场。

2019—2024年，广州开发区生物医药产业领域工业总产值增长2倍，企业主体数增长3倍，新增药物临床批件数占全市九成，已形成集研发、中试、生产的完整产业生态链条和基因检测、重组蛋白、细胞治疗、干细胞、组织工程、3D生物打印等六大领域集群。力争到2025年，集聚生物医药企业超过5000家，累计新增5到10个一类创新药，增加3到6家上市企业，生物医药与健康产业营业收入突破3000亿元，成为世界级生物医药集聚区、全球生物产业创新高地。

在高端装备产业方面，开发区聚焦高档数控机床及关键零部件、机器人、集成电路装备等重点领域，着力发展与5G、工业互联网、物联网等深度融合的智能装备，成功获批国家新型工业化产业示范基地（智能装备）、广东省机器人制造业创新中心，产业涵盖加工装备、测控装置、装备关键基础零部件等领域。

广州开发区已形成机器人全产业链，从上游关键零部件、中游机器人本体，到下游自动化集成应用的全产业链，拥有一批细分领域优势企业。仅仅在科学城瑞祥路，就聚集了发那科、广州数控、瑞松科技、弘亚机械、明珞装备等10多家机器人企业。

在机器人本体领域，拥有广州数控、发那科、中设等一批行业龙头企业。在集成领域，拥有明珞、瑞松等一批在焊接、装配、喷涂等汽车制造各环节具有突出技术优势的系统集成企业以及达意隆、松兴等行业经验丰富的集成企业。在检验检测环节，拥有广州机研院、威凯检测等大牌检测机构。

在机器人产业创新方面，广州开发区也取得了骄人成果。国机智能成功获批广东省首个特种领域国家先进密封技术创新中心。广州数控自主研发的六关节工业机器人，打破了重载工业机器人长期被国外垄断的局面，广泛应用于大型工件搬运、点焊等场景。达闼机器人拥有1600多项专利申请，是云端机器人领域专利数全球第一的企业。全区中国机器人认证证书数量从2020年初的两张增长到2023年底的48张。

接下来，广州开发区将把机器人产业作为"智造强区"的重要抓手，开展产业集聚壮大行动、优质企业培育行动、技术创新攻坚行动、数智化赋能行动，助推机器人产业高质量发展。

在美妆大健康产业领域，开发区以"高端、健康、个性"为重点方向，打造全国美妆大健康重镇，已集聚162家规上工业企业，2023年实现工业总产值1127亿元，占全区总产值比重的13.1%。产业涵盖日用化学品、食品饮料等领域，拥有宝洁、安美特、安利、合生元、玛氏箭牌等代表性企业，具备生物科学技术与美妆产品融合升级的明显优势。"南方美谷"等系列特色产业园建设稳步推进中，安利、宝洁等重点项目也在持续推动。

此外，广州开发区的数字经济产业链涵盖了从硬件制造、软件开发到应用服务等多个环节，形成了较为完善的产业链条。近年来，广州开发区前瞻性布局互联网国际出入口、区块链超级节点等新一代通信网络基础设施，已形成"南北贯通"、产业链"内生增长"的数字经济发展新格局，推动区块链、5G、工业互联网、人工智能等新一代信息技术快速发展。

第四章

用创新绘制"微笑曲线"

因为一张照片,成功引进一个超级工程,这听起来好像是天方夜谭,却是发生在广州开发区的一个真实故事。

这个故事要从航空轮胎说起,很多朋友经常坐飞机,却不知道,我国虽是全球最大的轮胎产销国,但航空轮胎却长期依赖租用国外产品,按起降次数缴费。航空轮胎在轮胎制造行业中属于顶端产品,目前全球只有屈指可数的企业可以研发制造航空轮胎,而且一条航空轮胎的使用寿命仅仅三个月左右,万一哪天外资品牌不再出租,后果不堪设想。

因此,航空轮胎和高端芯片、光刻机等高科技一同被列入科研任务清单,成为中国亟须解决的"卡脖子"难题。2020年1月,中国科学院关键核心技术攻坚先导专项(C类)"仿生合成橡胶"专项正式立项。虽然获得了中国科学院的资金支持,但对于一个涵盖从基础领域技术研究到产业化,建成后要实现人才聚集、技术研发和产业化的大项目而言，仍然是杯水车薪。

这是一项与时间赛跑的工程，负责该项目的中国科学院长春应用化学研究所（长春应化所）希望尽快在国内找到一个地方建设航空轮胎大科学装置，保证在三年内完成航空轮胎大科学中心建设，并在此基础上同步开展科研攻关工作，核心指标通过评价测试。

时间非常紧迫、要求极其严格，许多地方都难以满足。为了找到最合适的地方，长春应化所所长杨小牛马不停蹄，四处寻访。有一次，他带队在广州开发区考察。那天，天下着雨，杨小牛和广州开发区主要负责同志都穿着雨靴，深一脚浅一脚踩着泥浆勘查现场。好不容易来到现场，心里却顿时凉了半截——展现在他们眼前的一片荒地，中间散落着几个鱼塘，实在没办法和航空轮胎大科学中心联系在一起。

让他们没想到的是，第二天，回到长春的杨小牛所长就收到了广州开发区发来的照片——昨天的荒地已经在平整土地。这张照片非常震撼人心，当时整个长春应化所选址团队都被广州开发区的效率深深打动，他们坚信航空轮胎大科学中心在这个地方会很快建成。

2020年6月23日签约，同年12月开工建设，2021年，该项目入选国家发展改革委中央预算内投资计划，为广东省当年仅有的三个项目之一。2021年10月20日飞行起降动力学大装置主体建筑建设完成，第一台科研设备入场，填补国内研究型航空轮胎动力学试验平台空白……

大国博弈终究是科技之争，区域竞争最终也是创新之争。一张照片创造了了不起的传奇，而这背后是广州开发区满满的诚意，是分秒必争的高效，是对大平台大装置的热切期盼，是对尖端科技的无限向往。

从生命健康到未来产业，从浩渺太空到未知深海，从人类细胞到精微纳米……高端科研平台，是广州开发区打造战略科技力量的"王牌军"，开发区给予重大创新平台充分的自主管理权，将科技成果转化与考核薪酬体系相挂钩，赋予科研人员职务成果收益，推动科技成果第一时间转化为生产力。

截至目前，广州开发区聚集各类高端研发机构1000多家，其中，国家级研发机构41家，省级新型研发机构35家，省高水平创新研究院9家，分别占全市、全省一半，新型研发机构集聚度和创新能力处在全国前列。

1. 勇闯科研无人区

世间最美丽的风景，常常在险阻僻远、人迹罕至的地方，只有意志坚定的人才能到达。这和科技创新的道理是一样的，科技工作者们只有跳出舒适区，勇闯科研无人区，才能取得颠覆性突破。

广州开发区沿着微笑曲线，往产业链高端去、往研创链源头去，练好自主创新、源头创新的"内功"。对外对标美国硅谷、日本筑波等国际知名科创中心；对内与深圳南山、北京中关村等科创高地竞争。2022年，全区研发水平再创历史新高，研发经费投入达到286.86亿元，其中规模以上企业研发投入超过230亿元，科研机构投入超过50亿元，成为拉动全市研发投入增长的主要力量；研发投入强度达到6.65%，远高于全市（3.43%）、全省（3.42%）的平均水平，达到国际先进水平。

造福人类，是科技的初心，也是科技最大的价值。

时间拉回到2018年7月25日，一台举世罕见的复杂颅骨修补手术在哥伦比亚心血管基金会医院紧张地进行。

手术的对象是一个22岁的年轻女子，一场严重的车祸让她失去了大半个颅骨。

手术的难点在于，病人的头骨缺损面积大、所跨弧度高，颅骨修补的设计难度比较大，手术所用的颅骨大小几乎破了世界纪录。

怎么办？！面对前所未有的难题，主刀医生第一时间想到的是一家中国企业——位于广州开发区的迈普医学（下称"迈普"）。迈普没有辜负医生的信任，工程师针对病人的头型，做出了3片PEEK颅骨拼接的设计。更精妙的是，3片颅骨之间无须使用额外的钛连接片，仅靠自身的特别搭片即可完美相互固定。

最终，手术实现了主刀医生心中完美的效果。

这一款产品叫"赛卢"。

目前市场主流的颅骨修补术修补材料为金属钛网，而赛卢采用的是PEEK材料，相比金属钛网，生物相容性良好，各种性能都与人体颅骨相仿,可与自体颅骨融合,适应自身颅骨的生长变化。

而且,赛卢能够根据患者的头颅CT数据进行三维重建,完全还原颅骨的生理结构曲度等,可达到与颅骨缺损处几乎完全匹配的外观,其嵌入式修补的概念区别于传统钛网的覆盖式修补,可称得上是"天衣无缝"。

这款产品的诞生,除了研发人员艰苦卓绝的努力,也离不开广州开发区对科技创新的大力支持。

2008年,从美国博士毕业的袁玉宇和师兄徐弢回广州创办迈普再生,主攻以生物3D打印技术为基础的再生医学技术平台。整整3年,团队没有卖出过一件产品,没有赚过一分钱。为了省钱,他们第一次去欧洲参加医疗器械展,产品就装在塑料袋里,一度被人误认为是骗子。

"当时有专家非常激烈地抨击,这种技术没有市场。"袁玉宇回忆道,那时区里却非常支持他们,不仅提供了500平方米的办公场地,还免去了3年租金,帮助申报的省、市、区各类扶持资金高达6000多万元。正是大额资金的投入,令迈普再生加速开发的脚步,最终修成了正果。其国际市场已覆盖亚洲、欧洲、非洲、南美洲等地的80多个国家和地区。

很多人都知道,抗癌是全球第一的研发治疗领域,却很少有人知道,中国首个出海抗癌药出自百济神州。该公司自主研发的创新药——PD-1广谱抗癌生物药百泽安在广州开发区生产。

其生产基地一期从动工到通过验收,仅用时两年半。

当时全世界有3家同类企业在建,百济神州是起步建厂最晚的,后来却最早实现商业化生产。百济神州创始人兼科学顾问委员会主席王晓东院士曾说:"这种发展速度在全国乃至全球其他城市非常少见。"百泽安先后于2023年9月和2024年3月获得欧洲药品管理局(EMA)和美国食品药品监督管理局(FDA)批准上市,成为用药指南上的首选,替代了美国同类药,是中国自主研发创新的生物药出海领军者。

派真生物也是广州开发区的明星企业,从成立之初就致力于"让老百姓用得起基因治疗药物",从买二手设备起家,到如今建成全亚洲最大的AAV(病毒载体)生产基地,占国内30%以上市场份额,让AAV成本相较同行下降一半。派真生物如何突破核心技术实现跨越式发展?

派真生物一楼的展示墙上挂满了发明专利,其总经理认为,重视人才和科创是该公司一直坚持在做的"对的事情"。"我们组建了五十多人的研发团队,在突破核心技术方面坚持原始创新,每年投入经费占营业收入的20%~30%。"

"2019年,我们的AAV专利技术通过了CFIUS(美国外国投资委员会)的安全审查,认定为原创技术,部分技术更优于国外技术。"全球能生产临床级AAV载体的公司不到二十家,派真生物就是其一。

百奥泰是新一代抗体药物研发的领导者,作为一家创新型生物制药企业,百奥泰一直以来的研发重心在于肿瘤、自身免疫性疾病、心血管疾病等重大疾病上。

2023年9月"托珠单抗注射液"（BAT1806）获得FDA的上市批准，几个月后，旗下"贝伐珠单抗注射液"（BAT1706）也获得来自美国FDA的上市批准，用于治疗转移性结直肠癌、非小细胞肺癌、成人复发性胶质母细胞瘤、转移性肾细胞癌等在内的7项适应证。

云舟生物2014年创办于广州开发区，是本土培育的全球化企业，是专注于基因递送的全球技术领军企业，旨在为基础科研到临床应用提供基因递送的全链条解决方案。

云舟生物的创始人、首席科学家蓝田博士很早就与广州结缘。2004年，在一个业内干细胞研究会议上，蓝田结识了中山大学的李树浓教授，彼时蓝田博士还是芝加哥大学的教授。会后李树浓邀请蓝田博士参观他的实验室，之后蓝田博士与李树浓教授合作组建了中山大学干细胞与组织工程研究中心。这次科研方面的合作，成了蓝田博士与广州结缘的开始。2006年，蓝田和哥哥在广州成立了赛业生物，做干细胞相关业务。随着赛业生物的稳步发展，蓝田博士长期在实验室的经历，让他对实验室、科研需求都有很深的见解，这也萌发了蓝田博士开启新业务的想法。

基因载体是基因递送的重要工具，也是全球约30万个生命科学实验室的"柴米油盐"，是生命科学研究最常见的基础工具。但基因载体高度个性化，不同的研究对于基因载体的需求也不一样，一般实验室都是自己动手制作，但效率很低，成本很高，质量也缺乏保障，耗费科研人员大量的时间、精力与财力。

在观察到这一行业痛点之后，蓝田博士便开始思考如何解决,最终找到了完美的解决方案。2014年,蓝田博士在广州创立了云舟生物。云舟生物于全球独创载体智能设计与交易平台——VectorBuilder平台(即"载体家")。

"载体家"(VectorBuilder)平台,将合成生物学、分子生物学和信息技术融为一体,是当前全球唯一能支持客户线上自主设计基因载体和在线订购的一站式服务平台,开拓了分子生物学全新工业化4.0智能时代。其核心竞争力是将科研实验室里高度个性化的载体,用模块化的方法让客户线上自行设计,然后线下能用"乐高化"的方式进行高通量、工业化的手段生产。已推出中文、英文、日文和韩文四国语言版本,定制化基因递送服务在全球科研市场份额占比超80%。通过云舟生物的"载体家"平台,实验室可以节省制作载体的时间,从而让整个研发过程加快20%。

云舟生物深耕基因载体近10年,从无到有开创了科研基因载体商业化的经营模式,服务全球近2万名生命科学的顶尖研究者。近年来发力的基因治疗CRO、基因载体CDMO业务,正是云舟生物将服务链条向临床转化、临床试验延伸,并构建全周期基因载体服务能力的大胆尝试。

有专家预测,基因治疗将引领生物医药产业的第三次革命,成为除小分子化学药、大分子蛋白药以后的即将崛起的第三大生物医药支柱产业。基因治疗作为国际最前沿的医学研究方向,基因递送的安全性和靶向性是核心的技术难点。云卷千峰天为岸,舟破万水终致远。2023年6月末,云舟生物递交的科创板上市申请获得受理。在科技金融的加持下,云舟生物将继续推进基因递送研发生产技术平台的升级和产能扩增，加速全球生命科学和基因药物研发进程。

燃石医学专注于为肿瘤精准医疗提供具有临床价值的二代基因测序。2018年获国家药品监督管理局颁发的中国肿瘤NGS检测试剂盒第一证。2020年，燃石医学在多癌种早检领域取得了重大研究突破。目前，燃石医学在癌症早检领域的相关性能数据已经处于世界领先位置。2023年，燃石医学自主研发的多癌种早检产品"人DNA甲基化检测试剂盒（可逆末端终止测序法）"（商品名"燃小安"）获得国家药品监督管理局同意，正式进入"创新医疗器械特别审查程序"，将按创新医疗器械特别审查程序进行审查。这是中国目前唯一进入国家药品监督管理局创新审评通道的多癌种早期检测产品。

质谱仪是一种通过测量带电粒子的质量进而对物质进行定性和定量分析的高端分析仪器，具有灵敏度高、分辨率高、分析速度快等优势，广泛应用于环境监测、医疗健康、食品安全、工业分析等领域。但一直以来我国的质谱仪几乎全部依赖进口，近年来每年进口额都在近百亿元人民币。广州开发区的企业禾信质谱不仅打破了质谱仪的国外垄断，更是创下了国产高端科学仪器出口西方发达国家的先例，产品出口到各地。

2004年，公司创始人从美国阿贡国家实验室（ANL）回国创业，以飞行时间质谱技术作为突破口，在2008年成功研制出应用于钢铁冶金行业的金属残余气体在线分析飞行时间质谱仪。

禾信质谱生产的大气VOCs（指挥发性有机物）秒级多组分走

航监测系统参与"雪龙"号极地科考入选国家"十二五"重大科技成就展。全国200多个城市广泛应用,其高时空分辨率高(秒级响应)、监测物质全面(多成分高灵敏监测300多种),可实时获取不同物质浓度分布和变化规律。快速建立区域或企业大气VOCs污染时空"画像",摸清底数,全面动态掌握污染情况,锁定问题区域、问题时段,实现挂图作战;通过恶臭溯源、区域边界走航,解决污染纠纷等民生问题,为环境空气VOCs污染精细化管理提供技术支撑,使政府"管住VOCs排放企业"成为可能。

2015年8月12日,天津港危化品仓库爆炸,8月13日18:30,广州禾信接到任务,派出4名工作人员现场安装在线挥发性有机物(VOCs)质谱仪(SPI-MS 1000)对空气中VOCs进行全组分实时监测,并向环保局提交数据,出色完成了应急监测任务。

2017年11月8日,中国第34次南极科学考察队乘坐"雪龙"号,再次向南极出征,为中国建设第5个南极考察站做前期准备工作,还将进行"陆地—海洋—大气—冰架—生物"多学科联合观测。广州禾信的高灵敏度在线挥发性有机物(VOCs)质谱仪(SPI-MS 3000)和专业工程师登上"雪龙"号科考船,开展海洋生源硫循环及气候效应研究,获取南大洋海洋气溶胶分布特征,解析南极海洋大气气溶胶的来源和组成,监测数据改进对海洋大气中云凝结核(Cloud Condensation Nuclei,CCN)来源主导要素的认识,为验证CLAW假说(二甲基硫DMS的释放对全球气候变化有"负反馈"作用)提供最直观的证据,将作为解决CLAW假说争议最有效的方式和手段。

2018年1月6日，"桑吉"轮满载凝析油与"长峰水晶"轮在东海海域发生碰撞，造成"桑吉"轮燃爆，燃烧了8天的"桑吉"轮在1月14日沉没，但沉船后的海面溢油面积较沉船前增加数倍，出现一条长约10海里、宽约1~4海里的油污带。2月4日，广州禾信的高灵敏度在线挥发性有机物（VOCs）质谱仪（SPI-MS 3000）登上"向阳红20号"科考船，迅速在船上完成仪器调试和大气采样管路连接，克服重重困难，顺利保障完成连续6天的海上大气VOCs监测任务。

习近平总书记曾指出："我们仍要继续自力更生，核心技术靠化缘是要不来"。

广州开发区是创新驱动的主战场，在开发区采访期间，我常常被科研人员超乎常人的执着所感动。

瑞松科技利用自主研发的机器人应用技术让更多制造现场实现数字化、智能化。这是这家拥有三家国家高新技术企业的制造业"单项冠军"的底气和实力。

作为国家级制造业"单项冠军"示范企业、专精特新"小巨人"企业，瑞松科技在国内汽车智能装备领域处于领先地位，专注于机器人、工业软件及智能制造领域的研发、制造、应用和销售，为客户提供柔性自动化、智能化系统解决方案，是国内最具规模的汽车装备技术研发生产商，为汽车制造行业提供机器人自动化生产线。

在瑞松科技董事长兼总裁孙总看来，传统制造业企业数字化转型迫在眉睫，是我国中高端制造业走向世界的必经之路。瑞松科技在数字化、智能化转型方面走在前列,是目前全国仅有的五家国际机器人联合会(IFR)成员单位之一。

在产业化应用上,瑞松科技曾助力广汽丰田成为丰田汽车全球典范工厂之一;为自主品牌广汽传祺汽车首次实现了全产线无人化生产,产线效能、智能柔性水平达到甚至超过国际一流;为马自达汽车提供的四门两盖装配生产线是国内首条自主研发并率先量产的柔性智能车门装调线,是国际先进的典范案例。

当前,瑞松科技正大力推进数字化转型。瑞松科技基于工业互联网的智能制造云可为各类工业企业提供数字工厂云平台、产品生命周期管理、制造实时数据采集、大数据可视化平台服务、设备运维及工艺管理云平台等服务,为整个工业价值链赋能。

广州黑格智造信息科技有限公司,是一家从事3D打印解决方案的垂直应用企业,目前产品领域涉及数字化齿科、智能耳戴设备、康复辅具及其他创新领域应用等。

黑格科技7名"90后"归国留学生,他们个子不高,笑称自己是"七个小矮人"。

他们都是美国伊利诺伊大学香槟分校的工科学生,来自材料工程、机械工程、电子工程等不同的专业,在校期间就因为相同的兴趣爱好,聚到一起。

当时,美国的学生中流行一种手工定制的耳机,价格高达数百美元。发现商机后,他们挤在6平方米的阁楼里鼓捣了几个月,成功开发出3D打印定制式耳机,半年内挣到30万元人民币。随后,他们参加了北美地区创业大赛,并一路过关斩将,获得了第一名的优异成绩，吸引了国内著名风投机构的关注。

2015年6月1日，他们凭一腔创业的激情，7人集体休学，带着简单的行李从美国飞回广州创业。

2016年，黑格科技首发高精度3D打印系统Ultracraft；2017年，被美国权威商业杂志《快公司》评为最佳创新50强；2018年，首发Ultra-Net智能制造系统和Ultra-Hub人工智能数据中心。

也是在2016年，黑格科技发布了全球首款3D打印蓝牙耳机U1，两个耳机之间取消了恼人的线缆，可以触摸控制、无线充电，一下子受到了来自投资圈、政府、耳机发烧友等各方面的高度关注，并获得了中科招商领投的千万元投资。

黑格自主研发的3D打印机的打印精度达25微米，远超传统打印机的200微米，使得耳机这种精细部件的生产制作成为可能，也大大减少打印之后的加工步骤。他们通过综合了3000多对人耳三维数据所得出的仿生造型，几乎可以满足任何人舒适地佩戴耳机。

2023年黑格科技上榜国家级专精特新"小巨人"企业榜单，是国内唯一为国内齿科企业提供3D打印设备、材料、工艺、平台软件、设计及培训的企业。"我们先后实现了3D打印设备国产化，3D打印材料国产化，自研的齿科材料获得三类医疗器械注册证，是获批的国内首例增材制造用光固化临时冠桥树脂。未来，黑格科技将把目光聚焦到行业的共性问题，布局3D打印设备的芯片研发计划。"黑格科技相关人员说。

在第133届广交会上，一款高空幕墙"机器蜘蛛人"大出风头,备受中东和欧美国家采购商的青睐。来自迪拜的采购商对它更是一见钟情,马上下了订单。

原来世界第一高楼——迪拜的哈利法塔,每年清洗玻璃幕墙就要花费2500万美元,而且全靠人工,整个塔,一年清洗一次,一次清洗一年……

开发这款产品的公司叫"凌度智能",其研发生产的"机器蜘蛛人"——高空幕墙清洗机器人,可抗12级风力,效率是人工清洗的3倍。一台机器两块电池就能清洗百米高楼的一面,加满8升水就可工作半天,而且只需用自来水清洗,可避免化学添加剂对玻璃墙面和绿化带的二次污染……真是既安全高效,又节能环保。

金发科技提出"塑尽其用"的塑料循环经济方案,从塑料全生命周期的关键环节切入,以再生塑料和生物塑料为两大抓手,为全球减塑行动提供创新思路和解决方案。

根据联合国相关数据,人类每分钟消费约100万个塑料瓶,每年使用多达5万亿个塑料袋;全球每年产生约4亿吨塑料垃圾,其中只有不到10%被回收利用。这意味着未被回收利用的塑料大量废弃,对生态环境和包括人类在内的生物造成危害,于是这一质轻、价廉、可塑性强的重要基础材料背负了"白色污染"的恶名。

金发科技搭建了工业、农业、生活、海洋等多场景多品种的塑料废弃物回收体系,通过与覆盖全国的500多家回收商合作,把回收的塑料废弃物经过精细回收、高质利用等加工环节,生产出可以替代原生塑料使用的高性能环保再生塑料。相对原生塑料，碳排放下降幅度达到50%～80%。截至2022年底，已为数百家国际知名企业提供累计170多万吨环保高性能再生塑料，广泛应用于包装、汽车、家电、家居、电子电气、OA（办公自动化）IT、能源等行业。

再生塑料以外，生物塑料作为对传统一次性塑料制品的替代以及对再生塑料的补充，同样是金发科技塑料循环经济方案的重要方向。经过近20年的开拓，金发已发展成为全球领先且亚洲首家完整掌握聚合、改性及终端应用核心技术的完全生物降解塑料生产企业。金发科技ECOPOND®完全生物降解塑料可在工业堆肥环境下，180天内被微生物和酶完全分解成水、二氧化碳和有机质，无有毒有害物质残留。此外，金发科技以从蓖麻油提取的癸二胺为原材料，开发出了具有独特性能优势的生物基高温尼龙，打破国外长期在高温尼龙领域对中国的"卡脖子"技术壁垒，在LED（发光二极管）、电子电气、汽车、新能源、通信、家电和轨道交通等领域得到了广泛应用。2022年公司相应特种工程塑料产品销量占中国生物基高温尼龙市场份额90%以上。

广州新莱福新材料股份有限公司深耕功能材料领域20多年，在国内空白的新材料领域积极寻求突破，创造了柔性高能射线无铅防护材料产品，能在做手术、安全检查等场景中广泛应用。该技术为国内首创，打破了该领域长期以来被国外垄断的局面。

"众里寻他千百度。蓦然回首，那人却在，灯火阑珊处。"绝大多数的研发都需要经过不计其数的测试，还有些研发成果，则是在不经意中产生的。

美国普林斯顿大学博士陈宇，曾经在美国高科技公司当首席工程师，2005年从美国辞职回国一直待在实验室研究石墨烯电子纸。

传统的电子纸，采用的是传统的ITO材料（一种铟锡氧化物），这是一种无机材料，在大幅度弯折的时候容易出现裂缝，且弯折的次数会受到限制。

这项研发难度极大，以电子阅读器kindle的电子纸墨水显示屏为例，这层薄薄的屏幕后面有一层固态光电层，里面包括若干个微小的胶囊状颗粒（称为微胶囊）。微胶囊中含有电泳液，电泳液中有一种颜色的纳米粒子带正电或负电。通过加电压，驱动带电纳米粒子在微胶囊的电泳液中产生迁移来进行不同的显示。

"在微胶囊电泳显示技术中，难度最大的就是制作出能够高质量显示的电子纸。"陈宇说，每张电子纸有二十多层材料，每层材料由数百万微胶囊组成，这些微胶囊直径仅为头发丝直径的三分之一，是显示的关键器件，也称之为"电子墨水"，而每个微胶囊又是由数十万个纳米级材料组成。二十多层材料组成电子纸的过程，如同打开密码锁的过程，每一层纸就代表一位"密码"，这二十几层材料必须在每一层都是对的情况下才能组成一个开门的"密码"，此时才能打开"大门"，实现正常显示。

经过三年漫长的实验室研究，就在研发团队踏破铁鞋、几近绝望的时候，让人想不到的"神之右手"出现了：一名工程师因为一个偶然的操作失误，在纳米粒子处理中出现了一个不应该有的步骤，眼看这一次的努力又将化为乌有，但出乎意料的是，这批废品的性能，正是他们苦苦寻觅的成果。

作为目前已知最薄的材料，石墨烯电子纸厚度仅0.3毫米，应用它的显示屏可以薄得像纸一样。同时，它又比金刚石还坚硬，"像衬衣一样的防弹衣"不再是天方夜谭。

陈宇说："未来，我们喝水的杯子、休息的椅子、家里的地板、衣柜……一切有屏幕的地方，都可以贴上一层薄薄的电子纸，随时随地与好友聊天、看新闻、刷朋友圈……实现互联互通。"

同样在石墨烯领域，广州开发区科技企业加速器园区的墨羲科技正在推动纳米三维石墨烯基础研究实现高质量发展和高水平自立自强。

墨羲科技创始人兼首席科学家陈剑豪博士表示，经过3年的艰苦研发，墨羲科技在这场全球技术竞争中脱颖而出，独创了具有三维稳定结构的新型石墨烯材料宏量制备技术。

"这项技术不仅突破了传统二维石墨烯的制备技术，而且开发出低成本、环保、自动化、宏量制备的工艺，实现了石墨烯材料制备技术的革命性突破，是目前已知的世界首项可以大规模量产纳米三维石墨烯材料的技术。"这项技术目前的商业化应用领域包括可用于锂电、超级电容的纳米三维石墨烯导电剂、硅基负极材料，运用于氢燃料电池膜电极的ORR（氧还原反应）铂碳催化剂等，未来适用前景广阔。

智慧交通是交通高质量发展的必然趋势，也是广州开发区抢占的新赛道。

文远知行（WeRide）成立于2017年，是全球领先的L4级自动驾驶科技公司，致力于"以无人驾驶改变人类出行"，已在全球超过25个城市开展自动驾驶研发、测试及运营，累计自动驾驶里程超1300万公里，应用场景覆盖智慧出行、智慧货运和智慧环卫，形成自动驾驶出租车、自动驾驶小巴、自动驾驶货运车、自动驾驶环卫车、高阶智能驾驶等五大产品矩阵，提供网约车、随需公交、同城货运、智能环卫、高阶智能驾驶解决方案等多种服务。

凭借"1个平台+3大场景+5大产品"的多元商业化战略，文远知行商业营收居同类自动驾驶企业之首，已与多家全球顶级主机厂和一级供应商达成战略合作伙伴关系，包括雷诺日产三菱联盟、宇通集团、博世、广汽集团等，不断为人类出行提供更多新选择。

2020年，阿波罗智行科技（广州）有限公司（简称"百度阿波罗"）落户广州开发区，随后开展"智慧+"车城网新型城市基础设施项目，从车路协同向"车、城、人"互联融合过渡。目前，已在一期102个车路协同路口、133公里高精地图覆盖路网的基础上启动二期工程建设，新增230个车路协同路口和437公里高精地图路网，可进一步加强车路协同路网覆盖，打造数字城市发展的一张"经络图"。

目前，百度阿波罗建成了城市级规模化的综合融合感知体系，落地服务多元出行的自动驾驶MaaS平台，已开通5条公交环线，建设300多个接驳站点，自动驾驶公交车、出租车等车型在中新广州知识城实现常态化运营。自动驾驶巡检车能实现对机动车违停、非机动车违章等28种事项的智能化识别，大大提高社会治理的效率、能力。

2023年8月22日，正在建设中的从埔高速黄埔段，沿线路灯灯杆上统一装上了毫米波雷达。

这款雷达的技术能实现智慧交通、车路协同路侧交通数据采集，也能在智能家居领域实现人体存在感知、姿势检测、目标跟踪等。车辆来回开几次，一台雷达设备就标定完成了。

这看起来简单，背后却意味着一大堆技术难题得到了突破！而对于此前在雷达领域毫无基础的广州市丰海科技股份有限公司（下称"丰海科技"）来说，从无到有研发一款毫米波雷达，非常艰难。

"2018年，我们就看好智能网联车发展的趋势。看好路测雷达的市场前景，但受限于自身的研发能力，迟迟不敢在这个领域进行投入。"丰海科技董事长胡亚平说，与西安电子科技大学广州研究院（下称"西广电研院"）进行产学研合作后，企业得到了长足的发展。

2021年，西电广研院与丰海科技共同建立了智慧交通研究中心。作为一个产学研深度融合的创新平台，该研究中心围绕科学研究、成果转化及人才培养，在智慧高速、车路协同、全息感知、边缘计算、人工智能、软件工程以及通信工程等交叉领域进行科技研发与落地。

有了技术平台的加持，不到两年，胡亚平心心念念的毫米波雷达新产品就从无到有研发定型，并实现了量产。在这款产品的研发过程中，与西电广研院的合作还为企业带来了十几个发明专利。

其中，毫米波雷达动态标定技术是一个代表性成果。过去要进行毫米波雷达标定，不仅效率低，一天只能完成一公里的标定，而且需要封路进行。

"特别是在已经通车的公路上封道，也给正常交通带来影响。"亲身参与该项技术突破研发的丰海科技总工程师回忆道，"西电广研院的陈睿教授团队和我们工程师开展雷达标定实践时，发现封路的成本太高了，于是双方一拍即合，决定一起开发一种新技术解决这个问题。"

双方不断地对接、磨合、测试，毫米波雷达动态标定技术又在不到一年的时间内就研发出来。这项全国首创的新技术采用车载毫米波雷达，在车辆行驶中配合路侧毫米波标签完成标定，无须封堵路段，具有易于操作、标定精度高、运算速度快等优点。该系列产品迅速走向市场，在广东省从埔高速、茂湛高速、机场高速等项目得到了应用。

丰海科技也获得自己的第一个国家级荣誉——获评第五批国家级"专精特新"小巨人企业。

企业是链接知识创造和市场价值实现的行为主体。广州开发区以制度创新提供创新动力，让企业真正成为科技创新的主体。

低空飞行，也是广州开发区提前布局的新兴产业。

2018年，罗兰·贝格曾发布一项名为"城市空中交通——一种新型交通方式的兴起"的研究报告，报告预测从2025年起，飞行汽车将会投入使用，随后将呈现指数增长。金融公司摩根士丹利也曾在2018年预测：到2040年，全球城市空中交通市场规模将达到1.5万亿美元。

经过三千余架次的试验试飞后，由小鹏汇天全栈自研的旅航者X2正式获得由中国民用航空中南地区管理局颁发的特许飞行证，成为国内首款提出申请并成功获批的有人驾驶eVTOL（电动垂直起降）产品。旅航者X2获颁特许飞行证，意味着飞行汽车的发展再提速，将对整个行业和产业的发展产生巨大的带动效应。

旅航者X2是一款双人智能电动飞行器，可搭载2位乘客，最大载重200公斤，其续航时间可达35分钟，设计飞行高度为1000米以下，适用于未来城市的低空飞行。旅航者X2最大飞行时速为130千米，可满足城市内短途出行需求，同时还可为旅游观光、野外救援、医疗运输等场景服务。

2023年10月，中国民用航空局向亿航智能设备（广州）有限公司（简称"亿航智能"）颁发EH216-S型载人无人驾驶航空器系统型号合格证，获得全球首张无人驾驶载人电动垂直起降（eVTOL）航空器的型号合格证，标志着亿航智能的EH216-S具备载人运营的安全能力，填补了全球城市空中交通行业的空白。

2023年12月28日，亿航智能自主研发的EH216-S无人驾驶载人航空器，搭载乘客从中新广州知识城九龙湖广场起飞，这是亿航EH216-S无人驾驶航空器的全球商业载人首飞演示。当天，广州开发区发布《广州开发区（黄埔区）促进低空经济高质量发展的若干措施》政策实施细则，对符合条件的低空产业项目奖补最高达3000万元，加快打造未来千亿级产业集群。这是粤港澳大湾区综合力度最大、低空经济产业链条覆盖范围最广的专项支持政策。

据了解，亿航智能与广州开发区交通投资集团有限公司正式签署了EH216-S运营服务协议。亿航智能首架获得标准适航证的无人驾驶载人航空器已交付开发区交投集团，将投入中新广州知识城九龙湖常态化运营项目。目前广州开发区已经在空中通勤、空中物流、空中文旅方面开辟了5条航线。

资金规模达100亿元的广州开发区低空产业创投基金也正式签约。

目前，广州开发区已集聚低空经济领域企业50家，年产值、营收规模约130亿元，其中专精特新"小巨人"14家、单项冠军3家、上市企业9家。企业涵盖产业链上中下游，包括研发设计与原材料、零部件制造和集成、应用与服务等环节。

开发区利用战略平台进行产业布局，在中新广州知识城，加快建设低空产业园，重点发展低空飞行器整机研制、检测验证；在广州科学城，依托电子元器件、传感系统、导航系统等新一代信息技术、智能制造发展基础，重点深耕零部件制造、原材料、基础软件、低空服务等领域；在广州海丝城，依托广州人工智能与数字经济试验区（鱼珠片区）建设，基于信创产业发展基础，重点突破基础软件、算力算法等关键技术；在广州国际生物岛，探索落地更多智慧城市应用领域。低空经济的活力快速与本地产业资源、科技底蕴发生催化反应，加快低空经济增长。

开发区为低空飞行设计了丰富的应用场景。按照先载物后载人的思路，稳步推进低空飞行应用。低空物流方面，依托黄埔综保区"前店后仓"优势，推出首批10条高效物流低空航线，促进无人机物流与消费需求高效便捷对接；开通首条城市医疗集团低空配送快线，高效送达血液标本。智慧城市方面，利用无人机进行工地巡查管理、水域环卫保洁、应急管理等工作，并开展违建、农业用地现状摸查等方面巡查，为城市管理与执法提供支撑。观光旅游方面，完成环九龙湖广场、环迳下纳米小镇等5条旅游观光测试航线并在九龙湖广场开展常态化飞行体验，积极构建"知识城—生物岛"与"知识城—黄埔港"的"人"字形低空主航道。

2024年4月9日，在广州开发区举行的2024全球独角兽CEO大会，正式发布《2024全球独角兽榜》。在全球超1400家独角兽企业中，广州入选企业24家，其中，广州开发区独占7家，包括文远知行、如祺出行、奥动新能源、粤芯半导体等知名企业悉数上榜。入选企业数全市第一，占全市29.2%。

创新驱动，科技先行，作为广州实体经济的主战场、科技创新的主引擎、改革开放的主阵地，广州开发区做好科技创新大文章，激发新质生产力的核心动力，开创高质量发展与高速度增长"双高"同步的新模式，为全省全市高质量发展大局做出了自己的贡献。

2. 全链条创新生态体系

广州开发区的创新能力之所以持续强大，最重要的原因是构建了全过程创新生态体系。

创新确实是一个系统工程，需要研发、产业、金融、人才等各环节相互支撑。广州开发区推进高水平科技自立自强，加快构建全过程创新生态链，推动创新链产业链深度融合。"全过程创新生态链"涵盖了"基础研究+技术攻关+成果产业化+科技金融+人才支撑"的创新链各个环节。

目前，全区已建成华南地区最大、最活跃的科技企业孵化器集群，集聚众创空间37家、科技企业孵化器108个，孵化载体总面积近500万平方米，其中，国家级孵化器总数达27个，全省第一。

众创空间是创新链的起点，它是低成本、便利化、全要素、开放式的，实现创新与创业相结合、线上与线下相结合、孵化与投资相结合，为广大创新创业者提供良好的工作空间、网络空间、社交空间和资源共享空间的新型创业服务平台。比如，青年创新创业孵化基地（靠埔创客）实行"非营利"运营原则，为入驻的项目团队免费提供会议洽谈、投融资对接、创业培训、办公入驻、物业服务、政策解读等方面的公益性服务，助力孵化项目成长。

孵化器是以促进科技成果转化，培养高新技术企业和企业家为宗旨的科技创业服务载体，是创新创业人才培养的基地。孵化器主要为科技创业人员创办科技企业提供企业建立所需的行政服务,为入驻孵化器的科技企业提供创业辅导、行政代理、信息发布、投资融资、技术支撑、咨询培训、物业管理等基础性公共服务。孵化器已成为科技创业者从事科技创业的首选地。

科技企业加速器是孵化器功能向后端的延伸,它能为快速成长企业和成长性好的企业提供更大的物理空间,更强的、个性化的专业服务,更有力的政策扶植,成为培育创新型企业,形成高新技术创新集群的重要政策工具。

科技产业园是为加快科技产业,特别是高新技术产业发展,集聚规模企业,形成规模经济的科技产业集群。科技产业园对区域产业发展具有引领和辐射作用,有利于推进特定领域产业上、中、下游产业链的形成,促进特定领域产业的技术整合,形成区域优势产业。

1999年,抱着"投石问路"的心态,广州开发区用财政资金投资建设了第一个孵化器——留学人员广州创业园,由此拉开了该区科技企业孵化器建设的序幕。按照企业成长路线图,当时,广州开发区构建了"创业苗圃—孵化器—加速器—科技园"的完整孵化链条,分别针对科技型企业四个发展时期的不同需求,分阶段给予资助和配套服务。

当一个创业的Idea(创意)萌发时,可以首先进驻"创业苗圃",类似于今天的"创客空间"。广州开发区出台了《大学生科技企业扶持办法》等政策,鼓励区孵化器建设大学生科技创业苗圃,作为大学生(包括研究生、归国留学生)创业的主要孵化场地。

创业的想法成熟并公司化之后，符合条件的团队就可以进入孵化器了。在孵化器里，不仅办公场地租金优惠，而且能低价使用各种实验室、存储中心等公共资源；更重要的是，有创业导师进行辅导，还能与各种"风投大佬"建立联系。

当一个企业销售额达到1000万元时，就差不多可以从孵化器里毕业了，但在销售额达到5000万元以前，建厂房园区都是不划算的，因为此时企业处于快速扩张阶段，要把投入用在增资扩产、招兵买马和渠道扩张上。为了解决这部分企业的需求，开发区建设了科技企业加速器，通过提供加速发展的软硬环境，助其迅速实现产业化和规模化生产。

经过多年的发展，开发区科技企业孵化器培育了一大批优秀科技企业，其中威创科技、安凯电子、万孚生物、冠昊生物、洁特生物、瑞博奥生物、禾信科技等60多家优秀科技企业已买地建设科技园或实现规模化生产。

在2023年广州标杆孵化器中，广东拓思软件科学园、华南新材料创新园孵化器、广州国际企业孵化器、纳金科技孵化器榜上有名。

广州国际企业孵化器成立于2000年12月，是经科技部认定的全国9家"国际企业孵化器试点单位"之一，是广州产投旗下科金集团运营的国家级科技企业孵化器。坚持贯彻"房东+管家+股东+合作伙伴"的理念为云舟生物进行全方位赋能。2022年，广州产投集团旗下产投资本、科金集团联合出资4000万元参与云舟生物C轮融资，成为其股东。园区推出"企业管家"服务，当好企业

"联络员"与"辅导员",有效整合集团和孵化器平台资源,优化资源调度,为云舟生物提供专业细致的发展咨询服务和解决方案。此外,科金集团还和云舟生物共同发起成立了"广州市未来基因递送研究院",助力广州基因递送与基因药物产业发展。

目前,广州国际企业孵化器累计培育了科技企业1100多家、高新技术企业120多家、专精特新企业55家(国家级4家)、规模以上企业61家、上市企业4家、"独角兽"企业2家,园区企业年产值近40亿元,已经成为粤港澳大湾区最具专业化的国家级生物医药产业孵化载体之一。

起初,孵化器都是由政府主导的,后来,龙头企业也开始做起了孵化器。龙头企业做孵化器,可以为园内企业提供更多实战经验,让园内企业在发展的过程中少走弯路,加速成长。

体外诊断领域龙头企业达安基因为培育大健康领域创业项目、企业,创建了一家定位为"没有围墙的大健康产业专业孵化器"的达安创谷科技企业孵化器,致力于构建成为转化科技成果、凝聚科技人才、培育企业成熟的高科技产业发展平台。

经过达安创谷多年的积累及运营,已经形成生物医药大健康产业生态圈,生态圈成员企业超过300家;通过达安创谷生态圈的资源,能为达安创谷生态圈企业提供专业高效的一体化服务,形成一套成熟、高效、具有达安特色的资本+运营管理辅导+产业资源的产业投资企业孵化模式,已获得"国家级科技企业孵化器"、首批"国家专业化众创空间示范单位"等资质。

天成医疗董事长曾是达安基因财务总监,在达安基因工作过程中，发现了国内医疗设备技术服务中存在的问题：医疗机构在购买医疗设备后需要一些技术服务，但产品供应商由于受到技术人员数量和地理位置的限制不能及时提供相应的服务。在达安基因内部创业氛围的涌动中，他在2012年创办了天成医疗网，从一个财务专业人士变成了医疗服务领域的跨界创业者。进入达安创谷孵化器后，经过达安创谷持续不断的孵化，天成医疗发展成"经验丰富的运营服务团队+智能化的医院设备管理系统+海量的专业技术工程师"，结合线上线下一体化的综合服务能力为医院终端提供设备、配件、耗材、工程等医疗设备管理与综合服务，是国内领先的医疗行业综合性在线服务平台，实现全国数万家医疗机构和产品供应商、数十万医疗行业从业人员的连接，为广大厂商提供广告位进行产品推广和渠道对接服务，为经销商提供询价和招投标服务，为工程师提供设备、配件、耗材的在线交易服务。

广州邦德盛生物科技有限公司是达安内部孵化企业，创始人原为达安基因注册部技术骨干，以医疗器械体系搭建及器械注册能力创业。达安创谷自广州邦德盛生物2015年成立之初开始至今一直持股孵化，提供从商业模式初创—产品化—商业化全生命周期陪伴服务，并向其提供3500平方米场地。在金融服务方面，达安创谷向邦德盛进行了三轮投资，2015年天使轮达安基因直投占股，2017年A轮达安创谷直投占股10.0%，2019年达安医疗产业基金投资占股19.9%。产业资源方面，达安创谷帮助邦德盛标准物质及RNA（核糖核酸）样本保存液等产品进入龙头企业长期供应链，同时输出医疗器械证申报注册服务，形成大小企业融通发展。

邦德盛在达安创谷创业并得到培育成长后，现又以自身的专业价值为多个生态圈内外企业提供专业技术赋能服务，作为达安创谷生态圈医疗器械产品报批的专业平台之一，共同投资及孵化科研企业，实现价值共创及共享促进产业孵化。

广州归谷科技园位于广州科学城。作为积极为新生代侨商、侨界科技人才和归国留学人员而搭建的服务平台，作为集总部办公、创投加速、生活配套于一体的综合体，一方面依托在海外建立的美国硅谷科技咨询委员会、美国硅谷科技协会、美国硅谷2665离岸孵化器以及承接运营的广州对外交流发展中心硅谷办公室，另一方面通过归谷园区建设，已基本形成美国旧金山湾区（硅谷）—中国粤港澳大湾区（广州）的双湾区"哑铃式"招才引智新格局，形成了"寻项目—前孵化—引回国"的全链条海外服务工作新模式。

广州归谷科技园总裁范群博士于1987年作为原国家教委公派访问学者赴美留学，历任硅谷Symyx Technologies,Inc.（纳斯达克上市公司）、硅谷AccelergyCorp.各级技术职务及副总裁。自1999年起，10多年来连续组织海外留学人员回国参加广州留交会、海交会和深圳高交会。25年来组织超千位高层次人才回国考察创业，其中包括多位国家重大人才工程入选者及多位院士级专家人才。在陪伴海外留学人员回国参与科技交流和投资创业的过程中，范群博士见证了优秀项目的成功落地，也看到很多无法按照自己初心创业铩羽而归的人才。而在自身的创业历程中，同样深知创业维艰，创新不易。

2010年，范群博士回国创业。2014年，他创办了广州归谷科技园。创建一个特别的科技园，为后来者打造一个可以解决他们"痛点、堵点"的平台，为他们创造更好的创业条件，这是范群创办科技园的初心。

2021年，范群博士发起成立了广州海创产业技术研究院，对标国际先进的产业技术研究院，结合中国特色，布局前沿领域研究、产业技术研发、高端人才引进、重大成果转化、关键产业投资等，致力于打造具有全球影响力的产业技术研究转化基地。

作为广州市战略性新兴产业基地的重点孵育平台，加速器是广州开发区"三个重大突破"战略性基础设施建设项目。它主要面向科技企业孵化器毕业企业和高成长性的中小科技企业，通过提供加速发展的软硬环境，助其迅速实现产业化和规模化生产，重点发展生物医药、新一代信息技术、高端装备制造、人工智能及新能源、新材料等战略性新兴产业，为企业提供从种子期到成熟期的全生命周期科技创新服务。

广州润慧科技园聚焦智慧物联、生物医药应用领域，构建以IAB（非营利性组织）产业为核心的产业生态圈。近年来，园区紧紧围绕主导产业进行招商引资，目前两大板块引入的企业占比已经达到了85%～90%，形成龙头企业带动上下游企业的产业集聚效应。目前，园区已签约企业110家，引进培育省级新型研发机构1家，瞪羚企业5家，专精特新企业14家，创新型中小企业8家，上市公司10家,高新技术企业23家,行业龙头和独角兽企业25家,吸引了卡尔蔡司、雷尼绍、龙芯中科、亚信科技、中元汇吉等龙头企业。

入驻企业主要以研发办公、实验检测为主,企业主在空间布局的选择上会有一定组合:譬如卡尔蔡司,企业把办公区位于园区中高楼层,而实验室需放置大型设施设备,位于园区首层,生产厂房则布局于中新广州知识城,跨区域实现产业联动,既能满足企业员工办公需求,也能匹配企业经济预算,真正做到因地制宜,为开发区带来经济增效。

纳金科技产业园是一家以新一代信息技术、人工智能、生物医药等产业为核心的产业园,负责开发运营的广州纳金高科有限公司(下称"纳金高科")目前在广州独立运营以及代管运营的产业园共有10个,从运营的第一个产业园开始,就始终以打造"专业孵化器+精品科技园"为理念,因地制宜做好产业,希望为广州培育更多的优秀企业。

纳金高科董事长认为,五年以来,广州开发区的区位交通、产业政策及产业集聚度等优势,对纳金科技产业园的招商运营起到了根本性的推动作用。"不只是我们园区的企业,其他园区很多企业也选择落户开发区,最重要的原因是开发区这个大环境的利好。"

"此外,园区产品的规划设计在很大程度上也影响着园区的运营招商。"和其他园区一样,纳金高科专门为中小微企业提供"众创空间—孵化器—加速器"的全链条专业、精准的运营服务。

从规划到建设，园区都围绕科技型中小企业的需求，在空间设计上，从层高、承重、实用性与科技感等方面综合考虑，使园区载体兼具了写字楼和厂房的多重功能，满足中小科技企业在办公、研发、实验、中小试及轻生产的个性化需求。还配套打造24小时全功能社区，在商务配套、交通配套、休闲配套、餐饮配套等方面为企业提供全方位的硬件支持。

近年来，广州开发区积极打造"主导产业引领、核心企业带动、产业生态支撑"的招商新格局，大力吸引生物医药行业的重大项目落户发展。华新园从2013年开始运营，一期占地160亩，总建筑面积22万平方米，拥有先进的新材料专业孵化器和加速器，是目前国内最大、最专业的新材料专业孵化平台。华新园目前入驻企业超520家，已累计培育高新技术企业192家、规模以上企业76家、专精特新企业110家、新四板挂牌企业94家。其中，落户在广州华南新材料创新园（下称"华新园"）的生物医药企业已超100家。华新园逐渐衍生出了第二大支柱产业——生物医药，形成了以新材料为主、生物医药为辅的主导产业发展格局。

华新园总经理对激发产业园创新活力深有体会："首先，园区的载体在招商过程中，会筛选产业链上下游企业；其次，园区引导搭建产业链对接服务体系，吸引相关企业集聚；最后，汇聚产业资源，整合产业资源，建立企业与企业间、企业与地方政府间、企业与各类中介服务组织间的联系，提高产业集群竞争力。同时，在产业招商过程中，我们会加强政策宣贯，积极帮助企业进行政策申报。"

2023年以来，广州持续释放"坚持产业第一，制造业立市"的信号。在政策牵引下，华新园最大限度整合金发科技、毅昌科技及500余家科技企业在内的各类服务主体资源，并积极链接政府、科技协会资源，已形成了产、学、研、园等协同运作的"创新联合体"，搭建了"新材料合成与改性实验平台""华新园—金发科技技术合作公共服务平台""华新园公共实验室服务平台""华新园设备共享平台"四大公共技术服务平台并投入使用，为企业提供研发、检测、信息共享、技能培训、仪器维修、技术交流等专业服务。在未来新园区的建设上，华新园将根据当地产业属性，往制造业集聚的产业园区方向发展。

营造生物医药大健康产业集群是广州莱迪生命健康城（下称"莱迪"）的未来发展愿景。从莱迪广电成立，到节能科技园、创新科技园，再到现在的莱迪生命健康城，园区经过了四次"新生"，园区定位从智慧照明、绿色低碳、科技创新、生物医药到大健康领域的开拓，是对产业园发展的探索，也是对区域经济创新发展的勇敢尝试。

目前，莱迪园区以生物医药与大健康产业为核心，园区投资成立了莱迪产业基金，并投资建设了涵盖大小鼠、豚鼠、猪、犬、猴全链条的动物实验室及精准医学研究中心。整个产业链上下游都有相关企业入驻，其中包含了创新药、医疗器械、再生医学以及医学检测等。已形成初具规模的"生态圈"——创新药行业的优质企业，比如百奥泰、北斗生命科学、华津医药、泛恩生物及康威生物等；医疗器械、实验耗材领域相关的企业，包含生工生物、适介医疗以及友沃医疗等，致力打造再生医学与健康前沿研究基地的生物岛实验室；除此之外，还有以体外诊断、核酸提取为主的相关企业。产业链的合理布局，让园区内的企业有生意可做、有链条可依、有发展可期。

全链条创新生态体系，其内在的逻辑层层递进，因势而为，这非常符合企业成长的规律，既不"拔苗助长"，又不任其"野蛮生长"。对于发展到一定阶段，加速器载体空间已不能满足发展需要的企业，便可以"自立门户"，通过申请用地建立研发、生产总部的方式退出加速器，寻求更大发展。

产业发展是个系统性问题，绝非某一环节、某一领域、某一技术突破所能实现的，需要协同攻坚。广州开发区的成功实践证明，完善科技创新体系，营造良好创新生态，是全面激发创新潜能的最佳方案。对此，华南理工大学工商管理学院二级教授、广东省科技革命与技术预见智库主任张振刚给予了高度赞赏，并满怀期待。他撰文指出："做强头部，培育世界一流企业、跨国企业，提升龙头企业国际配置资源的能力；做壮腰身，继续增加'单项冠军'和'专精特新'小巨人企业的数量、质量，增强产业发展的潜力和后劲；做深根基，加强区域产业集群企业之间根植性的协同，把链主企业与配套企业之间的合作做深入；做大底盘，发展综合性、行业性、专业性的平台型企业，发挥其融合市场、融合产业和融合产品功能；做优生态，加强政、产、学、研、用、金六个主体协同，促进人才流、资金流、创新流、数据流、知识流和物资流六个要素融合,营造共生、共创、共享的新兴产业生态系统。"

3. 中小企业也能办大事

据《经济日报》报道:

在广州开发区,中小企业不仅数量众多,而且贡献巨大。中小企业不仅贡献了3个"80%"——80%以上的规上工业企业是中小企业,80%以上的高新技术企业是中小企业,80%以上的发明专利、创新成果和新产品来自中小企业,并且勇于闯"无人区",突破关键核心技术,取得无数个"全球第一",填补了无数个国内空白,让世界刮目相看。

2018年10月24日下午,习近平总书记来到位于广州开发区科技企业加速器园区的广州明珞汽车装备有限公司,同在场的中小民营企业负责人亲切交谈,提出了"中小企业能办大事"这一科学论断。他表示,党中央高度重视并一直在想办法促进中小企业发展,希望广大中小企业聚焦主业,加强自主创新,通过自身努力不断取得新的业绩,让企业兴旺发达,为我们祖国强大和人民幸福做出更大贡献。

殷殷嘱托,催人奋进。广州开发区认真贯彻落实习近平总书记视察广东重要讲话、重要指示精神,围绕高质量发展首要任务,提升科技自立自强能力,加快建设现代化产业体系,加大营商环境改革力度,先行先试创建全国首个"中小企业能办大事"

创新示范区，推动中小企业"量""质"提升、活力迸发。打造"科小—高企—瞪羚—独角兽—百亿级高企"梯次培育体系，推动更多中小企业"小升规""规变强"，勇挑产业大梁，加速迈向"万亿制造"强区。2023年全区集聚中小企业4.8万家，其中，国家高新技术企业达2573家，"四上"民营及中小企业数量3972家；较2018年增长2.77倍。跻身国家级专精特新"小巨人"的企业118家。上市企业累计达到83家，上市企业数量位居全市第一、国家级经济开发区第一。

广州派真生物技术有限公司创始人、董事长兼首席科学家表示："这五年，我们实现了60倍产值的增长，建成了全亚洲最大的AAV（病毒载体）生产基地，并在海外建设PD实验室以及商业化生产基地。"

突破关键核心技术是实现高水平科技自立自强的必由之路。当地震、海啸等自然灾害导致通信基础设施被破坏时，仅凭一个芯片，即使在没有公网的地区，也能通过北斗卫星系统向外发送长达1000个汉字的求助信息。该芯片的研发出自泰斗微电子科技有限公司之手。

"数据的真实性，离不开精确时间和精确空间两大要素。十多年来，我们一直致力于研发提供精确时间和精确空间的基础要素。"泰斗微常务副总经理介绍，目前该公司已突破北斗通信技术，未来将在卫星通信上投入更多的研发。

迈普医学成功制造出了世界第一个3D生物打印的可吸收硬脑（脊）膜补片——睿膜。作为一张"膏药"一样的膜，睿膜可直接贴合在患者的脑膜破损处，实现伤口缝合的效果。其独特的三维仿生多孔微纤维结构与人体天然硬脑膜的微观结构高度相似，有利于新生细胞的附着迁移和增殖分化，患者的自体细胞会主动找到这里，连接成新生组织，在组织生长完成后，睿膜会自动降解。同时，与市场上脱细胞基质的动物源性材料相比，睿膜的原材料是可降解、生物相容性良好的人工合成材料，具有更高的生物安全性，可以有效避免病毒传播等风险。

天赐材料的销售额从20多亿元，变成了200多亿元。

…………

近年来，以派真科技、泰斗微、迈普医学、天赐材料为代表的广州开发区中小企业，铆足创新的劲头，掌握更多关键核心技术，抢占行业发展制高点。

一家家广州开发区中小企业正成长为行业领军企业，在各自领域独领风骚，"办成大事"。

明珞汽车是全球唯一实现数字化工厂虚拟制造与工业物联网大数据应用落地的智能制造企业。

视源电子是全球第一大电视机板卡供应商，自主创新的液晶电视主控板卡销量占全球总量的35%。

洁特生物拥有148项专利，其中发明专利有29项。其自主研发生产的生物实验室高端耗材，打破了该领域长久以来的海外垄断局面，并促使同类进口产品价格下降约40%。洁特生物更是成为国内唯一掌握"3D细胞培养支架及细胞灌流培养系统"技术的企业。

慧智微S55255是国内首个实现大规模量产的5G射频前端产品。

瑞立科密是商用车制动电控系统的龙头企业，行业地位处于世界前三、中国第一。

黑格科技拥有全球最大的3D打印智能化工厂。

金升阳主导产品微功率模块电源产品处于全球领先水平，填补了灌封塑封工艺技术空白，补齐电源元件核心技术链条短板。

广东聚华和TCL华星联手打造了全球首款31英寸喷墨打印可卷绕柔性样机。

程星通信的车载相控阵天线打破国外垄断，首次实现低轨卫星通信与地面通信的超宽带双向互通。

云舟生物是全球最大规模的科研级别基因载体CRO服务商。

导远电子是全球领先高精度组合定位量产方案供应商，全国市场占有率第一。

方邦电子是电磁屏蔽膜国内第一大生产厂商、世界第二大生产厂商。

鸿基创能自主研发出国内第一条全自动化MEA（燃料电池膜电极）封装生产线和车用燃料电池膜电极生产线。

艾佛光通专注于独立自主知识产权的5G滤波器及其模组芯片的研发及生产，是目前全国唯一、全球第三家具有自主知识产权的IDM（集成设备制造商）企业。

昕恒泵业主导产品电力装备离心泵，自研首创多项行业领先技术，实现了进口替代。

高云半导体科技股份有限公司迅速打进国外市场，尤其在日本、韩国和以色列这样的技术发达国家站稳了脚跟，成为FPGA（现场可编程门阵列）芯片领域的"领头羊"。

创天电子的射频微波陶瓷电容器和微波芯片电容器填补了国内空白。

佰聆数据电力大数据分析平台在增强分析及智能决策技术、分析导图技术能力等方面实现国产替代。

嘉德乐科技采用蒸馏单硬脂酸甘油酯提纯技术提取的产品含量超过99.9%，达到全球最高水平……

开发区中小企业这份闪亮的成绩单，让我心潮澎湃，热血沸腾。

中小企业办大事，离不开良好的创新生态，离不开良好的产业生态。

烯湾科城于2019年落户开发区，在碳纳米管领域深耕多年，是一家集高性能阵列碳纳米管及复合材料研发、生产于一体的高新科技企业。

对于选择位于广州开发区的原因，烯湾科城副总经理车晓东坦言，这里不仅上下游企业聚集较为明显，且政府十分重视，整体的产业科创氛围很好。

"前几天区领导特意到我们这里调研，以会议的形式和我们对话，同时还邀请了我们的直接客户，比如说粤芯半导体。通过参会，我们双方进行了一个常规的资源上的对接。"车晓东介绍。

这种从领导层面搭建起的直接对话，对企业非常有利，加之广州开发区本身的上下游产业配套设施齐全，在产业发展方面很有优势。

怎样助力中小企业办大事、成大事？广州开发区探索出了"有为政府"和"有效市场"融合、联动和协同的新路径。

在北上广深四个超大城市中率先成立营商环境改革局；设立广东省首个行政审批局，实现"一枚印章管审批"；设立全国首个民营经济和企业服务局，打造"企业吹哨、部门报到"24小时全天候服务新模式；率先推出"上管老、下管小"全链条人才服务……为赋能"中小企业能办大事"，广州开发区在创新体制机制的"答卷"里，写下了无数个"率先"和"首个"。

在全国首推"区块链+AI"（AI，即人工智能）商事服务模式，企业开办线上线下实现半天办结；在广东省首创"创新创业金钥匙"，提供从开办、筹建到经营管理乃至人才服务、政策兑现等全链条服务；在全国首推"秒批"政务服务改革……广州开发区营商环境改革实现七次升级迭代，在提升服务能级、优化营商环境生态体系上做足了文章。

为了鼓励企业不断创新，还先行先试，推出了企业创新积分政策，让企业真正享受到创新带来的红利。

作为全国首批"企业创新积分制"试点高新区，广州高新区已连续两年对高新区超6000家企业开展评价工作，累计为积分评价企业提供超10亿元财政资金支持，撬动社会资本超455亿元。

光为科技（广州）有限公司成立于2017年12月，是广州市唯一具备光芯片、模组研发和量产能力的高科技企业。创立多年以来，光为科技成功研发和量产出拥有完全自主知识产权的世界领先的高速光芯片、3D感知光芯片以及超低能耗光模块等系列产品，填补了国内空白。2021年12月，光为科技荣获第十届中国创新创业大赛全国总决赛成长组全国总排名第七的出色成绩，在新一代信息技术行业成长组企业中位居第一。

光为科技核心技术处于全球领先水平，但是由于其成立年限短、规模较小，申请贷款时很难获批，授信额度也比较少。2022年，光为科技相关负责人在参加广州高新区举办的"企业创新积分制"交流活动上了解到"企业创新积分制"这一新型政策工具，接着便提出相关申请。根据光为科技企业创新积分评价结果，中信银行在短短一周内即为其批复了500万元信用资金支持，大大缓解了企业的资金压力。

高科技、高成长、轻资产，但研发投入大、短期财务指标欠优等导致融资难，是不少科技型企业普遍遇到的难题。"企业创新积分制"作为一种"基于企业创新能力量化评价、精准支持企业创新发展"的新型政策工具，可有效帮助金融机构了解科技企业、读懂科技企业，助力解决科技企业融资难题。

南芯医疗科技有限公司作为一家专注于人体微生态领域研究和产业化的生物制造企业，通过企业创新积分也成功引来金融"活水"。基于南芯医疗在广州高新区2022年度企业创新积分评价得分和排名，中信银行为南芯医疗批复了1000万元授信额度，解决了南芯医疗的短期资金短缺问题。

广州高新区作为全国首批"企业创新积分制"试点高新区，率先构建形成了"建指标、搭平台、拓场景、做对接、塑品牌"全环节、全链条的"企业创新积分制"工作体系，并取得了良好的工作成效。

其中一大亮点是建指标、分阶段开展企业创新能力评价。以科技部火炬中心核心指标为基础，广州高新区结合区域发展实际，针对初创期、成长期、扩展期、成熟期不同阶段企业发展水平、发展特质等构建了四阶段企业差异化评价指标体系及赋分规则。其中，广州高新区率先采用的"企业获得风险投资额"二级指标已被纳入科技部火炬中心最新版评价指标体系并在全国推广。

搭平台，数据驱动为企业创新精准"画像"。广州高新区搭建了涵盖数据采集、数据计算、企业积分查询、积分分析、科技企业培育库、金融超市、政策库等功能模块的创新积分信息平台，支持查询6000余家参评企业创新积分，绘制参评企业创新精准"画像"，为精准服务和培育企业提供基础支撑。

拓场景，落地近10款金融信贷服务产品。广州高新区持续与中国工商银行、中国银行、中信银行、广州发展银行、兴业银行等银行合作，设计多款首创型金融产品并逐步推广。其中，中信银行广州分行推出面向高积分企业的"瞪羚贷"专属金融服务产品，引入打分卡、个性化审查审批等创新模式，相关金融产品上线不足两个月就为广州高新区13家企业批复授信额度合计8100万元；兴业、广发两家银行均从总行层面着手开展"积分贷"类金融服务产品设计,并计划以广州高新区为试点区域,进而推广至全国高新区。

下一步,广州高新区将持续以"企业创新积分制"这一政策工具作为重要抓手,全面推动科技企业与金融机构高效联动,持续引入"金融活水",赋能园区企业高质量发展。

广州开发区以改革创新为基础,变政策红利为制度红利,建立高效的政务服务体系,实现"活力之变"。

通过创建核心关键技术创新先行区、创建中小企业融资创新区、创建中小企业权益保护先试区、创建中小企业全球化公共服务实验区,打造富有活力的创新生态,更加激发出全区中小企业内生动力,给予了它们坚定"办大事"的底气和信心。

第五章

离成功最近的地方

功以才成,业由才广。

人才就像河流一样追逐趋势与潮流。哪里有好的创业环境,哪里有好的创业空间,哪里有好的产业氛围,哪里就能吸引到足够多的高素质人才。

2008年,从日本归国创业的石磊奔波于全国各地,为公司落户选址。那时的广州开发区基础设施配套尚待完善,却已有超前的人才服务理念。"当地政府有事帮忙,无事不扰,凡是符合政策的事项,都能顺利办好、兑现,甚至有专人上门服务。这和当时国内很多地区的营商环境很不一样。"于是,石磊在科学城创办了广州双螺旋基因技术有限公司。

2010年,李阳在归国创业和美国优秀企业的优渥待遇的"分岔口"举棋未定。广州开发区招才引智团队到美国波士顿登门拜访,那天晚上,他忙到三更半夜,招才引智团队一直在耐心地等他，就为了和他聊一聊创业环境和扶持政策。李阳深受感动，果断放弃在全球射频芯片巨头思佳讯的高薪工作，选择回国创业。

短短几年，这位美国哈佛大学微波射频集成电路博士后及其领导的科技创新企业——广州慧智微电子有限公司，以全球独创的技术，占据了产业制高点。2023年5月16日，公司成功登陆科创板。这是一匹广州开发区"土生土长"的芯片"黑马"。

特别值得一提的是，李阳还当选广州开发区高层次人才协会会长，带动全区的创新创业人才一起攀登科研高峰。

廖矿标是个出类拔萃的"90后"，中山大学毕业后，远赴美国，硕博连读继续学业。他在专业领域展现了惊人的成长速度和科研潜力，相关成果发表在 *Nature* 等期刊上，并被重点报道。凭借优异的成绩，仅用四年时间就拿到了博士学位。毕业后，廖矿标在一家美国生物制药公司担任资深科学家。一次偶然的机会，他受邀到广州做学术报告。彼时，生物岛实验室的一位领导对他说："回国吧，我们一起干一番事业。"这在廖矿标的心里激起了涟漪。

2019年，廖矿标决定放弃国外优渥的生活，包括世界著名医药研发公司艾伯维的全职、无期限终身合同，领着一家人收拾行囊回到广州。随后，他正式加入了生物岛实验室，担任生物岛实验室研究员、化学合成平台负责人，致力于化学与化学生物学领域的基础研究。他自主设计并成功建立了国内第一家完整的高通量化学合成平台，成功实现了化学合成的自动化、标准化、批量化以及微量化，该平台不仅建设和运行成本低，而且实验效率远高于国际同类平台，填补了我国在相关技术领域的空白。

四十年来，广州开发区以爱才的诚意、用才的魄力、聚才的良方为原则，将开发区打造成"人才高地"，吸引了一批又一批的英才，推动了开发区各项事业的发展。

目前，全区汇集院士团队项目121个，认定区领军人才238人，A类外国高端人才1103人，占全市比重为37.8%，高层次人才总数在广州各区排名第一，位居全省前列。更为可喜的是，238名领军人才企业中已有10家企业成功上市，117家为规模以上企业，4家入选2024年全球独角兽榜单，成为企业转型升级、经济结构优化的新引擎。

1. 人才是第一资源

广州开发区对人才，可谓求贤若渴，早在建区初期，就曾面向全社会招聘人才，在广州开创先河。1985年2月14日在《羊城晚报》上刊登了招聘人才启事，面向社会公开招揽人才。在开发区，人才一直是最珍视的宝贝。

1985至1986年，为了提高新录用干部的能力和水平，开发区联合暨南大学，有针对性地开展管理专业知识的培训课程。前后共开办了两期培训班，学员要求35岁以下，具备大专文化以上学历，每期三个月左右，后称之为开发区"黄埔一期"和"黄埔二期"。这些学员大多数成为开发区建设的骨干。

为了给广大外来务工人员提供更好的生活条件，1994年，开发区管委会决定投资兴建员工大厦，同时确定了员工大厦今后运作管理的原则：一是政府主导建设管理。员工大厦从建设到管理，定位为政府主导，不以营利为目的，而是作为投资环境的一个配套，立足企业，立足员工，为开发区的经济发展服务。二是统一管理，全方位服务。管委会投资的员工大厦，全权委托区总工会管理。1995年6月，成立员工服务中心，为区总工会下属事业单位，负责员工大厦的管理和服务。坚持实行"以人为本"的管理理念，从思想道德教育入手，努力把外来工培养成为"四有"新人。三是实施自我教育、自我管理。致力于建设外来工"居住生活的家，教育学习的园地，文化娱乐的舞台，锤炼成才的学校"，从而使外来工不断提高自身素质，实现自身的人生价值。1994年7月18日，第一员工大厦正式动工，1995年7月首批外来工入住。1999年，员工服务中心成立了"金雁艺术团"，主要成员全部由外来工自己担任，还组织了一支打工乐队，培养和训练音乐等方面的骨干。除此以外，员工服务中心还为广大外来工提供各类活动室，投资兴建外来工"金雁乐"文化广场，开设"金雁网站""金雁心理咨询热线"等。而每周一次露天电影、每年一届篮球赛、每年组织的各种文艺和娱乐晚会，以及各类征文、书法、摄影比赛等活动也已经成为外来工业余生活中十分重要的内容。这些活动不仅为广大外来工提供了多种多样的活动空间和交往机会，同时也提升了员工大厦的外来工文化氛围和凝聚力，成为开发区精神文明建设的一面旗帜。

自2004年起，广州开发区每年都举办"千人饺子宴、万人大盆菜"慰问留区过年异地务工人员迎新春系列活动。大伙一起拉家常，话年景，包饺子，吃年饭，看"春晚"。在三菱电机（广州）压缩机有限公司工作的老陈在接受媒体采访时表示："在这里，有关心我们的政府，有为我们着想的'娘家人'，有施展才艺的平台，我在这里工作、生活非常开心，这里就是我的家！"

事业造就人才，人才成就事业。

1998年，广州开发区发起并主办留交会，为科技强区提供人才支撑。

从1999年第二届开始，留交会改由教育部、科技部、人事部和广州市政府联合举办，并确立了"面向海内外，服务全中国"的办会宗旨。此后，留交会的规模和影响越来越大，成为我国海外高层次人才交流第一品牌，被称为"智力广交会"。

支持海内外高层次人才到广州开发区创新创业是开发区人才政策最重要的出发点和落脚点，1999年，发布了第一个人才政策《留学人员广州创业园管理办法》，这也是国内最早的留学人才政策。

留交会为海归们回国创业搭起了桥梁，留创园的有利政策为海归们解决了后顾之忧。

2004年前后，一批海归创业者回国创业。受广州留交会的影响，他们不少人把创业主场设在广州，尤其是广州科学城。

张必良，曾任美国麻省大学医学院分子医学系研究室主任，博士生导师，主要从事基因研究。2004年，张必良舍弃了美国知名大学教授的安逸生活归国创业，他看准了国内生物技术市场的空白，并且坚信将国外高校的基础性技术转化为临床产品，在国内将有广阔的应用前景。

冠昊生物是国内再生医学材料领域的龙头企业，但当年创业可谓"举步维艰"。2006年春节，冠昊生物创始人朱卫平向朋友的朋友借了20万元给员工发年终奖。就在同一年，开发区科技局相关领导"三顾茅庐"，说动朱卫平把企业搬到广州开发区，入驻科学城国际企业孵化器。

耶鲁大学"海归"博士许嘉森博士也是2006年来到广州科学城的，后来成功创办了新三板挂牌企业益善生物。当初企业初创时，广州开发区在孵化器给许嘉森免费提供100平方米办公场地，并帮助他办理全部商事登记手续。

值得一提的是，留交会不仅吸引中国籍留学生回国，还吸引了不少外籍人才来此发展。2006年诺贝尔生理学或医学奖获得者克雷格·梅洛教授在广州市锐博生物科技有限公司董事长张必良的邀请下，参加了留交会并出席相关专业论坛。梅洛教授感到广州是个充满机会的城市。随后，他率领的基因沉默技术与治疗研发团队，以广东引进海内外创新团队的新医药技术领域现场评审第一名的身份，进驻锐博生物。

2009年，我国开始将人才战略摆上重要日程，并提出人才是科学发展的第一生产力，是第一资源。中央成立了人才工作协调小组，并开始在全国设立海外高层次创新创业基地。在这种形势下，广州开发区被批准成为国家海外高层次人才创新创业基地，在广州也是唯一的国家人才基地。如何建设人才基地,成为广州开发区必须回答的问题。这一年,广州开发区密集出台了国家海外高层次人才创新创业基地建设方案及领军人才、科技骨干人才、技能人才政策,形成了"1+7"的人才政策体系。

这些政策主要支持方式有创业启动经费、创业载体、创新活动、创业金融、知识产权、品牌资助、创新创业配套扶持。人才政策效果明显,人才集聚效应显著、自主创新能力提升、创新型企业加速成长。

为了学习借鉴先进地区经验,开发区组成人才调研组,马不停蹄,赴西安、武汉、深圳、无锡、香港等地考察学习,借鉴他们在人才服务方面的经验。比如,学习无锡的做法,提出建立创业助理队伍,对来区创业发展的人才提供贴身服务;学习武汉开发区的做法,对人才的子女入学进行照顾,可以在区内公办学校进行选择;学习深圳高新区的做法,设立高层次人才服务区,实行服务专员制度,对高层次人才提供"一对一"的服务;学习香港的做法,完善人才集中创业的孵化器的商业配套、生活配套设施等。

此后,开发区一直将"招商引资"与"招才引智"相结合,人才政策不断加码,人才高地逐渐形成。

清代诗人龚自珍曾言:"我劝天公重抖擞,不拘一格降人才。"

不拘一格是广州开发区人才政策的一大特色。

2020年5月,开发区又发布了升级版的《聚集"黄埔人才"

实施办法》，被称为"人才10条"2.0版本。2.0版政策在增设的骨干人才认定条款中，"不唯论文、不唯职称、不唯学历、不唯奖项"，而是采取市场化的评价方式，以企业支付薪金作为认定条件。

广州开发区一改以往单纯依靠专家评审的项目评价机制，在全国首创采用"资本市场认可、高端研发平台及机构推荐、专家评审"相结合的多元化模式遴选领军人才。此外，还以股权投资方式实现财政资金的滚动支持和循环利用，赋予院士、领军人才等技术路线决定权、更大经费支配权。

2019年，开发区推出了《广州市黄埔区广州开发区创新创业领军人才聚集工程实施办法》，办法中明确说明对领军人才项目给予最高1000万元创业资助（按4∶3∶3比例分三期拨付）和1000万元投资奖励。但领军人才获得首期创业资助资金不超过400万元；领军人才入选后新引入风投资金的，按照投资总额的10%给予投资奖励，属于财政资金无偿补助、后补贴模式。

2021年，该政策将区创新创业领军人才扶持由原最高2000万元无偿资助模式改为3000万元或以上拨投结合模式，即1000万元无偿资助+2000万元或以上股权投资模式。通过将投资奖励拨款方式改为股权投资方式，一是实现财政资金的滚动支持，循环利用；二是提高了资助额度，可帮助企业解决融资难、融资贵问题；三是发挥直投资金受托管理机构市场资源优势，与直接股权投资、人才基金形成补充，填补了旧办法的不足之处。

开发区在全省首创10亿元规模黄埔人才引导基金，撬动超60

亿元社会资本设立22只子基金，为156家人才企业提供股权资金支持约40.7亿元等，一系列的资金支持政策为各级人才破解了发展难题。

2020年8月，《中新广州知识城总体发展规划（2020—2035年）》获国务院批复同意，将"国际人才自由港"作为知识城的四大战略定位之一。作为全国首个建设国际人才自由港的措施，"国际人才自由港10条"从引进顶尖项目、实施揭榜挂帅、创新人才激励、实施伯乐计划、优化人才服务等方面提出一系列创新举措，为国际创新人才提供具有国际竞争力和吸引力的环境条件。

"国际人才自由港10条"创新实施"揭榜挂帅"，对成功攻克的重点科技攻关项目，按该项目总投入的30%给予补助，择优支持不超过10个项目，最高可达1000万元，力度属全国领先。

此举推行技术总师负责制、经费包干制、信用承诺制，打破条条框框、论资排辈等束缚，激发各类创新主体积极性，切实解决制约产业发展的"卡脖子"技术问题。

近年来，广州开发区立足自主创新、自立自强，紧盯关键"卡脖子"技术，取得一批丰硕的科技成果。钟南山、赵宇亮等院士领衔的一系列尖端科技项目，有效打破了国外技术垄断的藩篱，抢占国际科技制高点；以禾信仪器、粤芯半导体为代表的高科技企业，围绕产业链打造创新链，开发出一大批具有自主知识产权和世界领先水平的产品和技术，实现了关键核心技术自主可控。

广州开发区将细化榜单征集、发榜、评估遴选、成果评价等程序和规则，从国家急迫需要和长远需求出发，在事关发展全局和国家安全的基础核心领域重点发力，参考制约我国发展的"卡脖子"技术目录，聚焦人工智能、集成电路、生命健康、新能源、新材料等重点产业征集攻关需求，再由区内龙头科技企业与国内外科研机构开展联合重点科技攻关，集中攻克一批关键核心技术，形成一批国际领先的新产品新技术，推动我国科技自立自强。

另外，"国际人才自由港10条"继续加强对院士项目的支持，对院士在开发区新设立全国唯一的院士工作站，开展高端科学技术研发和成果转化，建设重大科研平台的，经认定，给予最高1亿元资助。扶持力度可能是全国最大的。

"国际人才自由港10条"还创新推出"伯乐计划"，提出设立人才工作站，鼓励企业在重点人才集聚地区设立人才工作站引进高端人才。引进人才入选各级重大人才计划的，按每引进1人给予最高30万元"伯乐奖"。

针对企业核心团队中层成员缺乏政策支持问题，"国际人才自由港10条"将企业核心团队成员纳入支持体系，对经认定的区高层次人才创办企业、重大科技创新平台的核心团队境内成员，个人在本区唯一工作单位获得的工资薪金年收入达到50万~100万元和100万元以上的，分别给予5万元、10万元补贴。

据悉，"国际人才自由港10条"还鼓励全区专业技术人才积极参与专业技术资格考试和职称评审。取得高级专业技术资格证书或副高级职称证书的，资助4000元；取得正高级职称证书的，资助8000元；主导国家新职业标准或省职称评价标准编制的，给予20万元资助；开展副高级以上职称自主评审的，给予15万元资助。

为更好地建设国际人才自由港、打造更具创新更具活力的人才高地提供数字化支持，充分发挥广州开发区人才工作创新引领的尖兵作用，2021年，"黄埔人才指数"系统应运而生，打造集政府、重点企业、人力资源服务机构和人才为一体的数字化、场景化、生态化、产业化智慧型服务与决策平台。

"黄埔人才指数"大数据系统，涵盖中国经开区、粤港澳大湾区、广州开发区三大人才指数和智慧人才服务系统，是以"人才引领，数据赋能"为宗旨，打造的集政府、重点企业、人力资源服务机构和人才为一体的数字化、场景化、生态化、产业化的智慧型服务与决策平台。数据穿透到企业并实时展现，每个用户有账户、有权限，数据共建共治共享、需求精准链接、服务在线集成，让数据动起来、服务实起来。

这个系统，让人才服务成体系，评价预测有标准，服务数据有支撑，政策完善有导向，解决人才指标建设不系统、数据不精准、分析应用不充分、服务方式不高效的堵点，为人力资源产业向更高水平发展提供支撑。系统涵盖三大指数体系、四大应用平台、八大数据主题，近200多个指标数据。平台实现了底层数据穿透、直达企业，为每家企业构建专属的"数据画像"，全面、清晰地刻画企业经营和人才发展状况，为精准服务企业和人才奠定了基础。

2023年2月21日,广州开发区发布了《进一步支持港澳青年创新创业实施办法细则》(以下简称《办法细则》),从创业资助、创新激励、金融支持、办公补贴、生活保障等方面支持港澳青年参与国家建设。

除科技创新人才,广州开发区还十分重视能工巧匠,启动"万名工匠"培养工程。

印发《广州市黄埔区"万名工匠"培养工程实施方案(2023—2024年)》,推进区内各行业技能人才培养,初步建立起区人社、教育、民政、农业农村等多部门协调机制。截至目前,已培养工匠8331名。

开展"黄埔工匠"遴选活动。自2017年首次开展遴选活动以来,已从各行各业基层一线遴选出108名"黄埔工匠",最高给予30万元的奖励。同时举办"黄埔工匠"颁奖活动,让获选"黄埔工匠"分享他们的成长故事,激励学生和企业职工爱岗敬业、吃苦耐劳、刻苦钻研、精益求精。

未来,广州开发区将继续锚定技能人才高质量发展目标,以职业技能大赛为契机,以"黄埔工匠"工作室为载体,打造"黄埔工匠—高技能人才—产业工人"特色技能品牌,努力建设技术型、复合型和知识型的高技能人才队伍,推动产业转型升级,助力广州开发区经济社会高质量发展!

位于广州开发区香雪三路3号区政务服务中心四楼A区的开发区"一站式"人才服务专区,是开发区人才办事"第一门户"。

人才专区是在全链条人才服务模式的基础上，优化整合了全区21个部门资源，把原先需多部门、多地点办理的服务事项进行整合，实现"一站式"办理。

国际人才一站式服务窗口汇集21个部门为海内外人才提供人才认定、人才引进、户籍办理、出境入境、职称评审、子女入学、住房保障、政策兑现等389项人才服务，并实现"一站式"办理，部分业务办理时间缩短50%。

人才专区设有16个"一站式"人才服务窗口和1个高层次人才VIP（贵宾）接待室等，为人才提供政策咨询、业务申报、人才兑现、服务反馈等"一站式"人才服务，在最大限度上为人才提供高效便捷、高质量的服务。此外，专区还设有智能引导展示屏、自助上网区、咖啡吧等多元化服务设施，增加人才的便捷感、体验感、获得感。

人才是第一资源，创新是第一动力，科技是第一生产力。目前，城市发展的逻辑关系由"产、城、人"转变为"城、人、产"；过去是"人追着企业走"，现在是"企业跟着人走"。接下来，广州开发区将持续引育一批尖端人才，全面提高人才自主培养质量，以"最优生态"服务"最强大脑"，奋力打造粤港澳大湾区高水平人才高地核心引擎。

2. 以"最优生态"服务"最强大脑"

除了优厚的人才政策之外，无微不至的服务也是一大亮点。比如，利用周末休息时间陪院士选房，为未婚的领军人才介绍对象等，千方百计留住人才，千方百计用好人才。

为了做好人才工作，开发区先后成立了人才教育工作集团和人才工作局。

广州开发区人才教育工作集团成立于2017年，是全国首家以人才服务为主营业务的国有企业集团。其不仅为引进的人才提供便利的生活设施，还将服务的范围扩大到了人才家属。围绕人才引进与服务、人才教育与培训、人才产业建设与投资、人才创新创业载体建设与运营、人才公寓开发与运营五大业务板块，不断深耕人才产业化、全链条服务，逐步形成了"以情感才、以诚待才、以信利才、以心育才"的核心竞争力，为全区兴才、聚才、引才、安才工作提供有力支撑，有效助力开发区打造粤港澳大湾区人才高地核心引擎。

尤其让我眼前一亮的是开发区拥有一支超过百人的"人才经纪人"队伍，全区重大科技创新平台划分为若干服务网格，每个网格匹配1~3名人才经纪人，为人才提供从初创落地的企业注册、场地洽谈，到起步期的政策咨询、管理法务、劳务派遣，再到成熟期的投融资对接、IPO辅导等全流程创新创业服务。

瑞博奥（广州）生物科技股份有限公司是由国际公认的蛋白质芯片科学家黄若磐博士创办成立，该公司总经理谢树鑫先生见证了人才教育工作集团为开发区企业服务的点点滴滴，他坦言，人才教育工作集团不仅引进人才、留住人才，最为重要的是让引进的人才成为开发区人。人才教育工作集团的孜孜不倦的努力，给广州开发区各类人才留下了"离成功最近的地方"的认知。

中国科学院空天信息研究院粤港澳大湾区研究院院长说："每个人来到这个世界上都会有用途，只是他的才能有大小，你只要找到适合他发挥的岗位并发挥他的才能，他就开心。人才教育工作集团充分发挥了人才教育工作集团的优势，为进入广州开发区的每位人才适配了各自岗位。"

2022年2月18日，黄埔区委人才工作局（广州开发区党工委人才工作局）正式揭牌。这是2021年中央人才工作会议上提出"在粤港澳大湾区建设高水平人才高地"后，建立首个区级人才工作局。它的建立是为了吸引集聚更多精英人才，为建设粤港澳大湾区高水平人才高地贡献才智，实现以产业聚人才，以人才强产业。

中国科学院院士、广东粤港澳大湾区国家纳米科技创新研究院首席科学家赵宇亮表示："广州开发区很早就在全国率先成立人才集团，今天又成立人才工作局。开发区对人才工作如此重视，一定能够在这轮科技革命的浪潮中勇立潮头，在国家科技自立自强的征程中，成为引领性的创新高地。"

近年来，广州开发区重点打造3个"一盏茶"服务品牌：把"温暖茶"送到老人和小孩身边，持续升级"上管老、下管小"服务品牌，继续铺设人才公寓、人才幼儿园、人才公园，将人才服务"一碗热汤"的距离缩短为"一杯热茶"的间隔；把"创业茶"送到人才身边，用好用活近百亿元黄埔人才基金，打通资金链和产业链资源对接，加快推进"一网、一端、一专区、一会客厅"布局，建设"零跑动"一站式人才政务服务大厅；把"舒心茶"送到生活之中，提供个性化、精细化的服务，引进国际高端医疗和教育资源，更好满足人才多元化、深层次需求。

温暖茶

在广州开发区采访，我听到一个有趣的观点——人才政策不仅要让人才本人满意，还要考虑人才的丈母娘满不满意。

因此，2022年广州开发区启动《人才（人才配偶）父母商业医疗保险补贴申报》，明确将高层次人才父母和其配偶父母纳入保障范围，针对国内合法保险机构购买消费型商业医疗保险可申报费用补贴，每人每年可申请不超过3000元，最长补贴期为3年。该政策以完善健康保障支持机制为方向，解决好人才发展的后顾之忧，让人才引得进、留得住。

开展多元化养老活动。聚焦人才父母健康管理、社交娱乐等需求，先后组织"自患己治　未病先防"保健养生、"享健康生活，创健康未来"中医健康管理等活动；结合春节、三八妇女节、母亲节、端午节等节日，上门慰问送温暖，主动了解生活需求，提升服务精准度；定期开展问诊把脉、理疗按摩等服务，普及科学养生知识，为健康添保障，不断提升人才及其父母的生活幸福感、满足感，让父母老有所养，老有所乐，为人才扎根开发区提供最大支持。

完善养老服务设施。联动区内科研院所、人才企业,举办"智慧养老新风尚"智能家居行业交流会、数字化赋能行业人才交流沙龙等活动,加强智能家居适老化改造,丰富产品形态和服务功能,致力于不断创新供给、扩大服务外延,以科技力量积极应对"老龄化",共同探索智能家居互联共生新生态。同时,充分利用开发区人才创新、科研成果等优势,为人才父母上门安装智能居家设备,根据不同场景居家需求提供全方位养老安全服务,持续优化医疗健康、文化娱乐、社区服务等保障,着力改善居家养老环境,让居家养老更安心、更舒心。

在"下管小"方面,强化教育保障,深耕教育场景,筑牢发展支撑。一是助推教育资源精准供给。采用"集团化"管理方式,承办49所公办性质幼儿园,涵盖开发区14条街道、47个小区,截至目前已开班418个,在园幼儿超过12 093名,不断提升学前教育覆盖率,全力推动就学便利圈建设,提高教育可及性。二是探索多元化教育模式。搭建430课后服务平台,积极落实"双减"工作,践行"五育融合"素质教育理念,推行"一校一案"的课后服务实施方案,为区内51所合作学校开设德育类、益智类、科技类、体育类、艺术类和劳动教育等多彩课后服务项目,满足各年龄阶段儿童的多元化、多场景学习需求。三是不断推进"科技+"教育。积极打造研学游学特色课程,深度开发研学项目,将人才创新成果融入科普学习活动中,举办生物医药公众科学日、美妆博物馆探寻之旅、少年科创系列单日营等活动,为人才教育工作集团下属幼儿园、广州开发区外国语学校、玉泉学校、开发区一小等单位组织近百场研学活动，参与人数约4万。不断增强科普"软实力"，大力弘扬创新精神、科学家精神，让求知"火种"在广州开发区这片热土上薪火相传、生生不息。

对此，迈普医学董事长袁玉宇感触尤深。他说："广州开发区成立了全国首个区级人才教育工作集团，组建了一支25人的专业人才管家队伍，不仅管孩子的入托、上学，对家里的老人照顾得也很周到。有了这样的软环境，我们这些科研人员没有了后顾之忧，埋头攻关就行。"

创业茶

广州开发区基金集团作为区属基金化投融资平台，在区金融局指导下，以黄埔人才引导基金等政策性资金为抓手，集聚优质机构，通过主动参与股权投资年会，与国家、省、市级引导基金和头部上市公司合作等多种方式，广泛对接重点发展产业领域的投资机构近300家，汇集一批知名的创投机构、股权投资机构和产业机构共同支持中小企业办大事。

一方面开展"创享汇""早餐会"等投融资对接服务活动，为34家企业提供了路演机会，为企业和投资机构搭建沟通桥梁，拓宽企业融资渠道，累计协助13家区内企业直接融资约3亿元，为科技创新和战略性新兴产业发展提供有力资本支撑；另一方面通过合作渠道优势一对一协助企业对接合适的投资机构，联合子基金协助广州市康立明生物科技有限责任公司、广州快决测信息科技有限公司等16家优质企业获得阿里创投、红杉资本、经纬资本等头部投资机构超25亿元融资。

黄埔人才引导基金会同子基金管理人招投联动引入了40余位创业人才,引进了越洋医药、中科飞测、导远电子、睿芯微等顶尖人才创业项目,以人才带动产业,强链补链延链,助力区重点产业发展。

广州印芯半导体技术有限公司是广州开发区基金集团招投联动引进广州开发区的台商创业企业。"刚开始我们对于这边的政策和营商环境都不太熟,黄埔人才引导基金在股权融资和项目招商上都给予了极大便利。"创始人傅旭文说。而之所以选择在广州开发区落地,是创始人考虑到区内雄厚的半导体产业基础,经过深思熟虑后选择的。印芯半导体主要提供CMOS图像传感器芯片设计服务,"开发区有很多集成电路企业,产业上下游集聚初具规模,能给我们采购和销售带来极大的便利"。

说起黄埔人才引导基金,被投企业广州必贝特医药技术有限公司创始人感慨连连:"广州开发区基金集团携手越秀产业基金,一方面将优秀的管理经验、融资经验带给公司,为公司融资发展建言献策;另一方面通过实地调研等多种方式了解公司实际经营情况、研发管线进展情况及存在的困难,密切关注公司的经营发展,积极协助公司解决各种问题。在广州开发区基金集团和越秀产业基金的支持下,必贝特发展迅速,在研CDK4/6抑制剂BEBT-209联合氟维司群治疗HR+/HER2-晚期乳腺癌已进入3期临床试验,并顺利在2021年12月完成了股改,为IPO打下了坚实基础。"

2023年11月23日下午，广州开发区"才投会"新一代信息技术类青年人才项目专场活动在广州黄埔国际人才会客厅举办。区内人才企业代表、科研院所代表、区属国企代表以及投融资机构代表、路演项目人才代表等共聚一堂，赋能科创项目转化落地。

本次活动延续"才投会"系列活动精髓，通过带动区内创新创业人才企业反哺产业发展，为人才、项目和资本搭建一个高效对接平台，助力更多高水平创新创业项目在开发区落地。

活动迎来了5个新一代信息技术领域高端科技创新项目参与现场路演，团队领衔人都是高端科技创新人才。其中，有的路演项目在技术上填补了国内空白，打破了国外企业的市场垄断，是国家级专精特新"小巨人"企业、准独角兽企业。此外，现场还集中展示了16个新一代信息技术领域拥有前沿创新技术的成熟项目。

据了解，2023年以来，"才投会"系列活动已经以生物医药类青年人才项目、博士及博士后创新创业项目等为主题举办了3场活动，已推动3个项目落地开发区。"我的一位校友就在这里创业，经常在他朋友圈看到介绍相关资讯，这次参会给了我机会过来深入交流。"受邀参加这次活动的代表说。

广州开发区已连续5年获评全国经开区营商环境便利度第一，长期以来注重以才引才、以投促才、以才聚才。广州开发区不断完善扶持政策以及人才服务等配套资源，大力推进粤港澳大湾区高水平人才高地建设。在政策扶持方面，构建"金镶玉"政策体系，出台"美玉10条""国际人才自由港10条"等人才政策。在人才服务方面，深耕做实人才"引育留用"工作，擦亮"上管老、下管小"人才服务品牌，做优人才管家和人才服务专岗"双专员"机制。

下一步，"才投会"系列活动将继续推出更多创新创业专场活动，为更多高端科创项目搭建创业交流、融资对接平台，为落地项目提供全链条人才服务，同时助力区内人才企业和创投机构寻求技术合作、寻找潜力项目，持续打造"人才—创业—创投"生态圈。

舒心茶

助推产业链、人才链融合向纵深推进。一是推行"一站式"政务服务模式。广州市"国际人才一站式服务窗口"暨广州开发区"一站式"人才服务专区同步揭牌，集成"人才引进、户籍办理、出入境、职称评审、子女入学、住房保障、政策兑现"等389项人才服务，部分业务办理时间缩短50%，实现"一对一"、24小时不打烊解决业务办理需求。开启"一站办理、一号答、一对一服务、一平台导办、一朵云联动"服务模式，完善服务渠道、提升服务品质，持续推进人才来开发区工作便利化，刷新高质量发展"进度条"。二是打造多功能交流聚合空间。高标准建设国际人才会客厅，着力构建"产业+人才"深度融合发展机制，促进企业和人才常交流、多合作，进一步升级服务效能、裂变科创成果。打造对外展示"重要窗口"，多渠道助推科技成果转化落地,实体化展现人才创新创业活力,精准对接和匹配企业发展需求,会客世界、汇聚人才、凝聚合力,坚持"引进来"与"走出去"并重,绘就"万亿制造"新图景。围绕政策宣讲、产业对接、培训辅导等主题,累计举办近120场交流活动。三是构建立体化人才服务体系。聚焦个性化、精准化、多元化等维度,提升人才管家服务效能,增强与人才对接频率,主动融入人才朋友圈、生活圈,贴近人才听心声,走近身边送服务,以"硬核"服务当企业和人才的最强"合伙人"、最佳"同行者"。举办"花灯弄影 雅韵流光""自患己治 未病先防"等高层次人才活动,丰富"湾区人才说（Talent Talk）"活动形式,以暖心慰问、真情关怀稳固人才发展"大后方",让人才"安居乐业"更有保障,已累计服务649家人才企业,以高质量人才服务,奋力打造粤港澳大湾区高水平人才高地核心引擎区。

坚持以服务聚人才、以人才促发展,充分发挥"人才管家"协调对接作用,提供政策咨询、项目申报、人才入户、子女入学、医疗健康等"1对1"全链条服务,以主动走访及时了解企业的发展动态、需求,积极探索"企业有呼,服务必应"机制,精准扩充服务事项,全心全意服务人才,不断增强人才的获得感、归属感、幸福感,为推动高质量发展提供坚实人才支撑。

3. 心有多大，舞台就有多大

天高任鸟飞，海阔凭鱼跃。在这片创造奇迹的土地上，人才们没有后顾之忧，快乐地奋斗，书写自己的人生传奇。

广东粤港澳大湾区国家纳米科技创新研究院（以下简称"广纳院"）项目负责人李晓军曾经在科研院所从事微纳光学研究，几年前，他从一名科学家转型成为企业家。

2019年9月，广纳院成立，专门聚焦科技创新链的4~6级和科技成果的转移转化。受此吸引，渴望推动纳米光学技术实现落地应用的李晓军产生了创业的想法。

"在和广纳院共同孵化成果的过程中，我们可以交一些租金使用国家的研发生产设备。这解决了创业公司起步时资金资本欠缺的重要问题，这是一个好的模式。"李晓军深感幸运，依托广纳院汇贤纳才的魄力，他不是一个人在战斗。不到5年时间，广纳院已经引入7个院士项目团队，孵化成立企业22家，其中高新技术企业1家，科技型中小企业10家。

李晓军表示，广东这些年在科技体制改革上下了不少功夫。比如，试行科研经费"负面清单+包干制"，赋予科研人员更大的人财物支配权和技术路线决策权，这让科研人员心无旁骛地投入基础研究和关键核心技术攻关。

2022年，广州开发区评选出10名最美科技工作者。他们长期奋战在科研与科普一线，在前沿基础研究、核心技术攻关、重大成果转化、学科人才培养、科学普及等领域做出了重要贡献，具有广泛的先进性、代表性和影响力。

广东腐蚀科学与技术创新研究院纳米复合涂层项目组组长刘福春曾先后承担多项国家自然科学基金重大项目、国家科技支撑计划，发明纳米氧化物浓缩浆，解决了纳米氧化物粒子的不易分散难题。面对大湾区制造业需求，他带领一支双创团队在开发区成立面向新一代水性树脂的孵化公司，实现进口产品替代，将满足广东省内1万多家涂料相关企业的产品更新换代，有力推动广东乃至全国工业涂料技术向绿色化、功能化、高性能、高质量方向的变革。

隆平农业科技黄埔研究院常务副院长、副研究员李建武，大学毕业后一直在袁隆平院士身边从事超级杂交稻高产栽培及生理生态研究工作。作为项目主要执行负责人，李建武参与了我国超级稻攻关第四、第五期研究，在杂交水稻高产栽培与示范方面有丰富的理论和实践经验，为杂交水稻亩产屡破纪录做出了贡献。为攻克水稻栽培技术难关，他把水稻种遍了大半个中国，始终致力于让水稻等农作物更高产、更安全，坚持把杂交稻种植技术送到最需要的人手中，把科技论文写在祖国大地上，为乡村振兴和实现中华民族伟大复兴持续贡献着青春与智慧。

广东大湾区空天信息研究院总工程师周斌，先后担任了嫦娥三号探月雷达第一副主任设计师、嫦娥四号探月雷达主任设计师、嫦娥五号月壤结构探测仪主任设计师、首次火星探测任务火星车次表层探测雷达主任设计师。作为探测器上搭载的重要载荷，无论是探月雷达还是火星车次表层探测雷达，都凝聚着包括周斌在内的无数科研人员的智慧和心血。

2023年广州开发区"最美科技工作者"榜单出炉，21位"最美科技工作者"分别来自企业、院校、基层等各个领域。

他们是实验室里的科创尖兵，也是科技强国的中流砥柱。他们中有的突破芯片技术壁垒，以国产品牌创造科技美好生活；有的研制新型假肢接受腔，助力万千截肢者重建生活；有的踏遍南粤大地查清土壤质量，创新技术制度打好净土保卫战……他们用自己的专业，为世界创造幸福生活。

王宇哲的故事最让我感动，身有肢体残疾的他，是捷足先登（广州）科技发展有限公司创始人。该公司从事假肢康复辅具研发工作十余年，在仿生学和截肢者可变调节接受腔产品创新制作方面具有世界先进技术水平，是目前全球第二家突破柔性接受腔材料工艺设计壁垒的公司。王宇哲也是国内首位研发了快速成型和可调节接受腔的假肢师。公司让国内因意外下肢截肢的人群使用舒适的可调节辅具回归社会，重建生活，并拥有多项假肢发明和实用新型专利。

孟先生（化名）是肢残人士。此前，由于辅具不合适，他穿戴假肢时只能系根腰带背在身上。不合适的假肢不仅给孟先生带来肉体上的痛苦，也让他的精神状态受到影响。经王宇哲团队的反复调试，孟先生终于找到符合其身体特点的假肢。由于假肢增加了高科技硅胶垫，触感就像人体本身的皮肤一样，孟先生穿戴起来非常方便。而且，假肢连接大腿处有液压缸，避免如传统假肢那样只有"直"或"折"两种效果，增加了腿部的灵活度。多年来，孟先生因为行动不便几乎没有跟爱人一起逛过街。拿到新假肢的第二天，孟先生便愉快地和家人去动物园走了近1万步。

"自己淋过雨，也想帮别人撑把伞。"有骨癌截肢者穿戴王宇哲团队研发的辅具后，顺利走向工作岗位；有肢残阿姨进行康复训练后，能够独立开办裁缝店，实现自力更生；有外科医生佩戴上其团队研发的适合的仿生智能关节后，不再有跌倒的风险，重返手术岗位……

广芯微电子（广州）股份有限公司董事长兼CEO王锐，2017年9月，在广州开发区创立广芯微电子（广州）股份有限公司，带领团队突破技术壁垒，在新能源、变频电机控制及低功耗物联网等应用领域开发专用芯片和解决方案。2022年，王锐带队倾力打造的高性能工业实时控制器芯片性能指标超过同类架构的产品，实现了高端应用的微控制器芯片的技术突破。

中船黄埔文冲船舶有限公司技术中心副总工程师伍蓉晖，投身船舶设计与研发工作31年，对工作始终兢兢业业，大胆创新。近年来，她主要致力于公司商货船的船型开发及总体性能研究。她承担多项重大科研任务，担任多个船舶工程学术委员会委员。她秀外慧中，严谨务实，为公司生产设计能力和详细设计能力提升、公司民用船舶订单接单及我国造船事业做出了重要贡献。

广东省环境科学研究院土壤环境研究所所长邓一荣，带领团队技术人员牵头并圆满完成广东省农用地土壤污染状况详查和重点行业企业土壤调查两项基础性普查工作，两次获全国表现突出先进个人荣誉；牵头构建广东省土壤污染防治管理与修复技术体系，助力打好全省净土保卫战。其十几年如一日，致力于广东省土壤环境管理顶层设计，躬身于土壤总体状况调查，深耕于土壤污染状况调查和风险管控及变化趋势综合研判。

广州实验室检测与诊疗技术研究部研究员刘倩，入选国家级人才和开发区"精英人才"。加入广州国家实验室后，带领团队整合先进材料、微纳加工与生物医学技术，进行细胞微环境与呼吸系统疾病模型的体外构筑，开发多种超灵敏核酸、抗原、细胞检测新技术，有效助力新冠疫情防控及呼吸系统疾病重大问题解决。

广州视琨电子科技有限公司音视频研发中心研究员刘荣，曾获得2021年第八届广东专利奖金奖。该专利属于行业首创，突破了国外巨头的技术封锁。刘荣投身通信工程领域，其研究方向主要为嵌入式系统软件开发和优化、触摸交互技术、音视频无线传输技术、麦克风阵列及语音信号处理、机器学习及人工智能。

京信通信技术（广州）有限公司集团高级副总裁李学锋，与国际巨头进行10年专利诉讼并获全胜，打破国际垄断；带领集团四年三获中国专利、国家知识产权示范企业等；引领全球移动通信产业发展，推动全国首单知识产权海外侵权责任险落地；投身知识产权事业第一线，积极开展产学研、运营中心建设，促进科技成果转化。

广东粤港澳大湾区硬科技创新研究院常务副院长杨军红，对激光技术及相关应用领域具有较高的熟知度，对光电领域检测、探测产品有深厚的系统集成技术经验。他先后任国家重大专项课题、863计划课题、北京市科委重大项目、广东省重点领域研发计划项目等负责人,深度参与两个国家重大仪器专项项目;主持制定和修订十余份国家军用标准;主持制定和修订三十余份航空行业标准,申请专利四十余项;入选广州市黄埔区2021年创新类精英人才。

广州智瓴生物医药有限公司创始人吴延恒,专注癌症治疗领域,对肿瘤浸润淋巴细胞治疗、肿瘤免疫治疗、纳米载体技术等方向开展深入研究。促进国内外生物治疗领域的交流合作,致力于把应用研究与实践结合,曾参与设计中国首例直肠癌肿瘤浸润淋巴细胞临床案例,主导建立清华珠三角研究院细胞与基因治疗研发中心。

国高材高分子材料产业创新中心有限公司总经理吴博,长期以来,从事高分子材料功能化与高性能化的研究,以及工程技术开发、应用评价等系列工作。主导编制国家标准三项,申请PCT(专利合作协定)、中国发明和实用新型专利近65件,获授权30余件,在国内外核心期刊发表学术论文40余篇。曾承担并参与国家自然科学基金项目三项,科技部国家重点研发计划两项,主持完成企业横向合作项目五项,先后获得国家科学技术进步奖二等奖、中国高校科技进步二等奖、中国轻工业联合会科技进步奖一等奖等。

慕恩(广州)生物科技有限公司副总裁陈娟,2020年获教育部科技进步奖一等奖;2021年及2022年分别获得黄埔区及广州市人才称号。在真菌研究领域,在国际上首次重建了曲霉属等的自然分类系统，发表新物种超过50个，发表高水平SCI（科学引文索引）论文39篇，申报专利十余项。带领团队建立起全球领先的菌种资源库，并以防治土传病害等痛点为导向，领导系列农业功能微生物开发工作取得重要成果，为推动绿色农业、乡村振兴做出了巨大贡献。

广州海格通信集团股份有限公司副总工程师林家群，20年来扎根技术一线，主持多项国家、省部级重大项目科研工作，相关产品已量产，被广泛应用于各类专网市场，技术水平国内领先，产值数十亿元。作为海格通信卫星通信领域领军人，他紧抓机遇，精心布局，为有效解决"卡脖子"难题，为国防信息化建设做出了积极的贡献。

广州广电运通金融电子股份有限公司研究总院院长助理金晓峰，从事计算机视觉、多模态身份识别、智能终端、视频大数据等相关产品技术研发工作，重点参与省市级重点科研项目7项，发表论文20余篇，取得39项知识产权成果，主导及参与制定人工智能领域国家标准5项。获得中国电子学会科技进步二等奖1项、中国电子学会科技进步三等奖1项、第二十三届中国专利优秀奖1项等。

广州洁特生物过滤股份有限公司董事长袁建华，从事生物学、免疫学及生物实验室耗材方面的研究工作40余年，1999年，47岁的袁建华放弃了在国外稳定优渥的工作和生活，带着自己的科研成果回国创办洁特生物，通过自主研发创新，打破国外生物实验室耗材技术和市场垄断。在其带领下，洁特生物实现从一家留创园的小微企业，到科创板上市、国家专精特新"小巨人"企业的跨越式巨变。

西安电子科技大学广州研究院教授游淑珍，中国宽禁带半导体氮化镓功率器件领域研究领头人，作为IMEC氮化镓（GaN）器件研发组组长，攻克氮化镓（GaN）电力电子技术领域的诸多世界性难题，取得了一系列全球里程碑式的创新成果。这些技术已经被成功转移给全球多家客户，实现了大规模量产。2021年回国发展，加入由郝跃院士牵头建设的广州第三代半导体创新中心，投身于国内宽禁带半导体及集成电路攻坚克难的技术突破。

广州金域医学检验中心临床血液流式中心主任、广州医科大学金域检验学院副教授潘建华，扎根临床检测研究二十年，他潜心于白血病、淋巴瘤等血液系统疾病精准诊疗的探索研发，坚持不懈攻关罕见病等疑难病例，不断针对临床检测需求推动新技术转化，是B-ALL微小残留病二代流式高灵敏检测方案的"中国研发第一人"。其牵头开发的多个检测系统在全国广泛推广，不仅为集团每年带来过亿元的检测服务收入，更为辅助临床精准诊疗做出了积极贡献。

心有多大，舞台就有多大。

这些人才个个身怀绝技，在这片热土上书写人生的华章，他们是开发区千千万万人才大军的代表，也是开发区高质量发展的生动缩影。

第六章

要生产，也要生活

在很长一段时间里，对于生活在广州市区的人来说，开发区确实像一座"孤岛"，是一个偏僻得不能再偏僻的地方。从市区出发，兜兜转转，需要两三个小时才能到达。遇上堵车，时间还会更久，早上出门，到开发区就要吃午饭了。下午六点下班，回到市区已经九、十点。天一黑，这里就成了一座"空城"，大街上空空荡荡，只有树木和路灯孤单的身影，风在路上无所事事地闲逛。有一个开发区的老领导告诉我，1989年，开发区在青年路建设了第一个生活区，他就搬过去住了，当时，他家楼下几乎没有车，他们经常在路中间打羽毛球，球网就系在路两侧的树上。

这种现象，并非广州开发区独有，而是普遍存在的，这是由其功能定位所决定的——这里最初只是一个单纯的经济功能区。

放眼全球，世界科技园区（特殊经济功能区、开发区）的发展大体经历了三代：第一代是出口加工区，大致从20世纪60年代到80年代,主要功能是制造、装配和出口;第二代是科技工业园,大致从20世纪80年代到2000年,特点是科技研发与制造相结合等;第三代是全球知识经济社区,从2000年兴起至今,凸显知识经济、全球连接性、人文、生活等特色。

在"科技回归都市"的新浪潮下,城市3.0的概念应运而生,传统"科技园"正在向"科技都市"转变,创新区正从"生产导向"转变为"生活导向",从"生产要素聚集的工厂"变为"生活要素聚集的城市"。

回顾四十年的发展历程,广州开发区的定位也在不断变化,从单一的经济功能区,到工业加配套,再到打造世界级创新城区,将产业和城市有机融合,彻底改变在开发区与母城之间钟摆式的通勤模式。

产城融合,表面上看是产业和城市的关系,其实,它真正的核心是人,通过产、城、人的有机融合,让幸福看得见、摸得着,成为一个个美好的生活场景。

人的诉求分为基本诉求和品质诉求。具体而言,可以分为三个方面:其一,以产业吸引人。培育出有助于企业健康发展的产业资源和产业链条,以特色产业吸引特色人才,让人有干事创业的空间和舞台。其二,以城市聚集人。在新城建设中,要不断完善公共服务配套,注重生态环境建设,更新完善产业园区的生活配套条件,打造宜居宜业的生产、生活和生态空间,形成产城良性互动的发展态势。其三,以环境留住人。除了城市建设等硬环境,还要以完善高效的体制机制、包容温馨的文化氛围等软环境，激发城市活力，积蓄城市魅力，让人才引得进、用得好、留得住。

如今的科技人才，大多追求多元交互的都市化生活方式，对于工作、消费、社交、文化、居住、旅游乃至历史文脉和自然生态等，都有个性化的需求。

为满足这些新需求，近年来，广州开发区将生产、生活、生态有机融合，建设智慧、有韧性、宜居的城市。

1. 城市有智慧　生活更舒心

科技发展的终极目标，是让人类生活得更幸福。建设智慧城市，旨在让人生活得更便捷、更舒适、更安全。

在国际学界，维也纳理工大学区域科学中心于2009年首次提出了体现城市智慧的六个维度：增长的经济、便捷的移动、舒适的环境、智慧的民众、安全的生活、公正的治理。在国内，从狭义来说，智慧城市是用信息技术来改进城市管理、促进城市的发展；从广义来说，智慧城市是运用人们的智慧来尽可能地优化配置城市各种核心资源、管理与发展好城市，简单概括之，智慧城市是物理系统、数字系统和人文系统在建筑环境中的有效集成。智慧城市功能体系包括社会治理、市民服务和产业经济三大类别，具体包括市政、能源、政务、交通、卫健、制造和物流等多个智慧应用。

智慧城市，最大的特点就是不只是将城市当成一个物理空间，而是将城市当成一个生命的有机体，用最精准、最智慧的方式，解决城市运作过程中出现的各种疑难杂症。

城市交通是市民关心的热点，与市民生活息息相关。开发区大力发展智慧交通，依托先进的智慧交通系统，充分发挥信息化、智能化的科技优势，优化全区交通状况，提升市民生活幸福感。此外，还建立智慧交通综合运营中心，在现有信息化建设成果基础上，通过新一代物联网感知、5G、大数据、云计算、区块链等先进技术编制系统建设方案，突破区内部门业务条块分割，融合道路交通、公共交通、对外交通、慢行交通、静态交通、行业主题六大业务板块信息，建成开发区发展智慧交通、打造智慧城市一体化系统平台的重要载体。值得一提的是，该项目还借鉴了国内智慧城市建设经验，在融合地面智能交通建设的基础上，以中心为"方向盘"，集成培育低空飞行领域、智慧交通企业，建成面向未来的交通出行服务及智慧城市产业培育承载中心。

长期以来，城市治理有一个突出的矛盾——基层"看得见管不着"，部门"管得着看不见"。广州开发区迎难而上，通过流程重塑、融合聚力、数字赋能等方式，全力解决群众急难愁盼问题，不断提升人民群众幸福感和获得感。目前，开发区"构建有呼必应智慧共同体，黄埔基层治理再创新"案例入选2023中国新型智慧城市发展创新峰会"十大引领型案例"。

如果把社会比作一台电脑，这个项目相当于一次系统重装，每一个端口，都可以视为一个神经元，通过采集神经元的数据，让社会治理更高效、更智能。

项目自主创新10项关键技术，攻克了视频汇聚后播放不稳定，复杂环境中人工智能识别准确度不高等多重技术难题，整体技术水平达到国际领先，为全省城市智慧治理体系建设提供了可借鉴、可推广的示范样板。

研发者从一开始就认识到，破解"治理难题"不仅是技术问题，更是体系问题。所以，首先要重塑体系，建立健全"有呼必应"工作机制，理顺"条块"关系，统筹各方资源向基层倾斜，真正把制度优势转化为治理效能。

具体做法有强化顶层设计、明确权责划分、细化督促考核。

制订出台区有呼必应"1+N"工作方案，构建"12345"新体制，从党建管理、绩效管理、财政预算、基层赋权、三级管理等体制机制方面创新措施。建立三级"呼应"管理机制，在区和街镇两级，分别设立有呼必应指挥中心，区层面侧重响应与协调，街镇层面侧重指挥与分派。社区作为治理的"最后一公里"，把加强网格化管理和服务作为重点，按照"一格一员"配齐专职网格员，深化"警网融合""三官三师"进网格等工作措施，汇聚基层治理的强大合力。

列出街镇职责清单"说明书"，让基层知道"干什么活、办什么事、担什么责"，推动街镇工作制度化、规范化。建立"呼应"问题清单，对基层反映比较集中、自身难以解决、需协调职能部门协同解决的14类40项问题，明确主责部门、配合部门，让"呼应"有据可依、有章可循。各部门、街镇设置专岗专员，把

"条"和"块"拧成一股绳，推进跨部门、跨层级诉求及事件的及时响应、高效处置。

探索"反向"量化考评，发挥正向效能，连续3年将"街镇有呼"纳入部门年度绩效考核，通过基层"打分"、部门"应考"，提升镇街评价话语权。通过"专人响应、限时办结、星级评价、督办通报"等措施，加强工单全过程管理，对不作为、慢作为、乱作为和推动不力、进度拖延等行为纳入重点督办，极大提升了工单处置的标准性、时效性、精准性。

其次是坚持协同联动，聚力成拳办好"关键小事"。群众利益无小事，一枝一叶总关情。基层治理不能"单打独斗"，只有"抱团联动"，才能实现跨部门问题协同办、超事权问题提级办。

具体做法有多渠道倾听民声、实体化规范运行、高效能联动处置。

开发区指挥中心在已对接网格化、人大代表民意直通车、12345政务服务热线、企业筹建平台等系统基础上，2023年又实现与"黄埔融媒帮"、城管"随手拍"等联通，不断拓宽民意诉求表达解决渠道。

大力推进实体化综合指挥中心建设，采用常驻+派驻的管理模式，根据实际工作需求动态调整处置力量。平时由常驻单位承担运行监测和对诉求、问题的指挥派遣、协调处置、督办考核工作，战时按照应急管理分工，由相关单位组织实施。部署建设可视化融合通信系统，通过视频调取、会议会商、单兵直播等手段快速获取一线情况，为辅助决策、高效指挥提供有力支撑。

高效能联动处置。线上线下齐发力，打好治理"组合拳"。

最后是依托科技支撑，数字赋能打造"中枢大脑"。依托物联网、大数据、人工智能等科技手段，全力打造指挥平台多个"数治"场景，有效提升基层治理科学化、精细化、智能化管理水平。

具体包括：筑牢数字治理底座、构建智能感知体系、深化专题应用场景。

在全国率先搭建CIM（城市信息模型）一张图，汇聚全区三维地形地貌和重点区域单体精细模型，实现多类业务数据的集成和计算应用，同时开放接口为区内各委办局相关业务系统共享复用。持续建设视频一张网，融合汇聚3万多实时视频资源，部署AI算法对接入视频进行识别与分析。

接入各类"城市神经元"，扩大智能发现、主动发现的应用范围，强化问题发现能力和闭环处置。针对辖内古树名木数量多（登记在册5164株，约占全市的52%）、分布广、监管难度大的实际，开发区大力推进古树名木电子地图建设，通过采取安装摄像头和位移传感器等信息化技术手段，已实现树木生长环境、生长情况、保护现状全天候实时监控，对相关问题做到早发现、早制止、早处理。

聚焦实战实效，持续推动建设党建、警务、城管、应急、生态环境等十大主题应用。以应急防汛为例，指挥大屏实时显示全区气象、涵隧、水库、河道、视频监控等相关数据和应急队伍值守情况。汛期出现强降水天气时，一旦隧道积水超过限定值，会触发预报预警，通过广播、LED屏、爆闪灯进行告警提醒，并联动闸口栏杆实施车辆拦截。值守人员核实情况后，根据需要可立即指挥应急力量，协调应急资源，实现"看得见、呼得通、调得动"。

平台建成并投入运行后，解决了一大批基层原来想解决但未能解决的问题。工单事件处理和反馈速度明显加快，社会治理的效能和社会服务的能力得到提升。累计汇聚各类诉求超200万件，协调解决各类跨部门、跨层级疑难工单超8000件，日均智能发现各类城市管理事件超百起，平均工单办理时长3个工作日，评价满意率99%以上。

提升城市管理感知判断能力，强化精细化治理对接入视频和物联感知数据进行智能识别与分析，形成事件工单，指挥调度相关部门及时处理，充分发挥部门联动处置机制作用，极大提升了城市管理和基层治理水平，同时减少人员投入，降低管理成本。

建立长效管理机制，减少重复投资，节约财政资金。克服了突击式、运动式、被动、滞后、多头管理等弊端，实现了长效综合管理。同时，通过对全区进行资源整合、应用融合和流程重塑，避免各部门重复建设诉求收集和处置系统，减少财政投入。

窨井盖是城市治理中的"老大难"问题，小小窨井盖，遍布城乡各个角落，如果不及时发现安全隐患，很可能会成为"吃人的恶魔"。此前萝岗街道一网格员曾反映在巡查中发现一处窨井盖破损严重，辗转多个部门无法找到归属单位。街道指挥中心将情况上报后，区指挥中心及时召集区相关部门，前往现场进行核查处置。最终确认井盖内线缆属于通信线缆，由区工信部门督促运营商整改。同时，区城管局还在周边发现近10个存在同样问题的破损井盖，也被一一认领、处置。

一直以来，以三轮车、摩托车为主的营运五类车横冲直撞、乱停乱放所引发的交通安全问题让人头疼不已，而五类车"游击战"式的执法抵抗让整治工作难上加难。近期，有市民反映，区内某地铁站每天均有大量摩托车霸占人行道和非机动车道进行非法营运，严重影响市民的人身安全和正常出行，迫切希望各部门能有效解决五类车问题。经统计，仅2023年11月市民投诉此类问题的工单已达20余宗。区交管局、交警大队和街道执法办在接到市民诉求后也轮番上阵，前往现场执法，但由于五类车太灵活而难以取证，整治效果不够明显。

区有呼必应指挥中心会同区12345热线中心召开专题协调会，召集了区公安、住建、城管等部门及属地街道，共同研判五类车治理的堵点、难点、痛点，决定进一步加大联合整治专项行动力度。根据市民的举报线索，执法人员到相关地铁站点及周边路段开展整治行动，重点打击五类车非法载客问题，现场取得了较好的效果，经与市民沟通，市民表示非常满意。

近年来，国内多个城市出现内涝，城市下穿隧道及立交桥下低洼处成为防汛的重灾区，造成交通严重拥堵、危及人们生命财产安全。如何以"全生命周期管理"意识，探索出城市隧道防汛治理的新路子，广州开发区给出了答案。

开发区的城市隧道防汛应急指挥系统，系统化应对汛期路面、隧道积水的智慧化管理，规避传统单纯依靠人力巡查、探测模式的弊端，应用人工智能、物联网、云计算、边缘计算等新型技术，对积水点实时的水位、现场图像等要素进行监测，实现自动化监测警告，并以积水点为中心建立监测、预警、警告的防汛管控体系及交通诱导系统，全面提高隧道防汛的监控、预警和管理能力。

以隧道最低点为中心，通过电子水尺、超声波传感器等设备对积水点实时水位、现场图像等要素进行24小时不间断的监测，建立集监测、预警、警告于一体的隧道积水自动拦截系统。当隧道积水达到15厘米时，启动黄色预警，隧道入口处警示指示灯亮起，报警器低频蜂鸣，LED信息情报板将提示车辆缓行；当隧道积水达到27厘米时，启动红色告警，隧道入口禁行指示灯亮起，LED信息情报板提示车辆禁行，报警器高频蜂鸣，双向车辆拦截系统启动，道闸关闭。

系统报警信息自动同步推送给相关人员及平台，中心平台的地图红闪报警，事发地视频窗口自动弹出。管理中心可以通过系统对设备进行远程控制或通知相关工作人员前往现场核实及处置。此外，系统专门设置两套电源，确保供电系统断电后仍能够持续运行2小时，为电力应急救援人员抢修提供足够的时间。

2023年6月21日19时10分，运营中心系统平台视频监控显示护林路隧道南往北方向有积水，19时29分配合水务部门对其进行抽水短暂封闭，19时51分解封，车辆正常通行；19时25分，运营中心系统平台视频监控显示石化路隧道西往东方向有积水，19时46分配合水务部门对其进行排水短暂封闭，20时30分解封，车辆正常通行。

在这一轮持续性降雨过程中，隧道防汛应急系统发挥了极为关键的作用，帮助管理部门即时全面掌握隧道汛情，及时发现水浸风险，为道路防汛应急处置工作提供了强大的科技支撑，极大地提高了监测预警的精准度、抢险救灾的时效性，极大地提高了应急管理效能、城市安全运行效率。

2. 会呼吸的城市

有些地方是会让你产生一见钟情的感觉的，比如，中新广州知识城，因为，这里是人与自然和谐共生的典范。

哲学家海德格尔指出："人要诗意地栖息在大地上。"

中新广州知识城通过高品质的城市规划、人性化的城市设计，引导城区打造优美的生态环境，营造充满活力的城市氛围，吸引更多的人扎根于此，实现自己的梦想。

将城区内的山、水、林、草等元素有机结合，做好湿地文章，建设湿地公园，并将城市道路、绿化、空间等与湿地公园有机结合起来，打造"环山绕城"的生态游憩系统，实现人与自然和谐共生，营造"三山相拥，城景交融"的公园城市景象。

水是生命之源、生产之要、生态之基，然而，水满则为患，

"落雨大，水浸街"，一首童谣，道出了岭南气候的突出特点。岭南多雨，"逢雨便看海"，是长期困扰市民的心病。

从建设之初，中新广州知识城就以高建设标准，全力打造区域特色的海绵城市发展体系，打造独特的"大海绵体"。

中新广州知识城广河北辅路东接知识大道，西连知新路。开车经过知识城广河北辅路，路两边的绿化和人行道看似没有什么特别。其实，道路全线景观绿化设计充分融入海绵城市建设理念，通过"渗、滞、蓄、净、用、排"等综合措施实现生态自净功能。路边建设有一个雨水花园，花园周边种有鸢尾、山菅兰等植物。

中新广州知识城范围内全部居住小区、企业、市政道路、绿化景观项目，无论是财政投资还是社会投资，均全面落实海绵城市设计理念，海绵城市建设100%管控。

凤凰湖和九龙湖，是知识城的两个人工湖。

如果海绵城市分为大海绵、中海绵和小海绵，那么凤凰湖就是一个典型的大海绵。原来，凤凰湖位于知识城南起步区流沙河中游、九龙大道西侧，是一个雨洪蓄调工程。湖区具备雨洪调蓄功能，兼备公园、景观等功能。

当天气干燥时，湖水蒸发缓解城市热岛效应。每当雨季来临，凤凰湖储存雨水进行调蓄。凤凰湖整体景观按照中国传统山水园林的造园手法进行挖湖堆山，采用借景手法将帽峰山纳入湖区景观体系，采取空间开合的手法将城市道路、建筑与公园融为一体，塑造山、水、城、林一体的空间体验，通过绿道、栈道、花岛、树丛、亭廊等景观要素，形成多层次、多角度的山水空间体验。

从外面看，知识城国际领军人才集聚区一期是一个普通的项目。走近才发现，这里的地上地下隐藏着各种对付雨水的"秘密武器"。

右边一块白色鹅卵石区域迅速吸引了我的目光，因为平时没有水所以叫旱溪。坡道上种满了各种植物，下雨天雨水经过草地净化流入旱溪进行储存、净化，只有超过设计容量时才通过雨水井溢流出去，溢流出去后再进入市政管网。旱溪不仅过滤杂质，还能储存雨水，从而削峰减流。城市内涝的主要原因就是温室效应造成极端气候越来越多，短时降雨量过大，容易造成市政管道来不及排水。而旱溪的设计具有延缓和净化功能，做到小雨存起来，中雨慢慢排出去。

沿着台阶而上，是大片黑色透水混凝土广场。虽然看起来没有区别，但这并不是普通的混凝土，透水混凝土下面还设计有下渗层和导流管。下雨的时候，行人走在上面就能做到"鞋不湿"。

中新广州知识城的"海绵城市"打破了传统的"以排为主"的城市雨水管理理念，将建筑、道路、绿地等城市基础设施作为载体，下雨时滞水、吸水、蓄水、渗水、排水，而在需要时则将蓄存的水"释放"出来加以利用。

今后，广州开发区将在全域推进海绵城市建设，达到"小雨不积水、大雨不内涝、热岛有缓解、水质有改善"的发展目标。

除了海绵城市，让我感兴趣的还有规划长达四十公里的风雨连廊。这些风雨连廊，将公共空间、出入口、交通枢纽、慢行道路有机衔接起来，在慢行系统中注入城市降温理念。

在广州地铁14号线知识城支线的何棠下地铁站，一组风雨连廊无缝连通了地铁站、公交车站和附近的万科幸福誉小区，市民从何棠下地铁站出来，即可沿着色彩斑斓的风雨连廊步行回家，在连廊的"呵护"之下，可一路避免烈日暴晒，如果碰上下雨，又可避免成为"落汤鸡"的尴尬。

建筑的设计，也是强调融入自然，知识城大厦全方位采用绿色节能技术与理念，大量采用高强度钢、可再利用材料与可再循环材料，采用节能空调、智能照明和可调节遮阳措施、隔声楼板以及适宜的绿化，知识城大厦主要功能房间采光系数达标面积比例高达90.48%。

在中新广州知识城南起步区，依山而建的国家知识产权局专利局专利审查协作广东中心是广东省二星A级绿色建筑，五栋白色建筑呈环形坐落，中间环抱一片水池，建筑周身以白色为主，可反射太阳光，降低温度。走进该中心，凉风扑面而来，一条蜿蜒的连廊将几栋建筑连成一体，同时也是一条风廊；加上建筑内部设计呈烟囱状，顶端开口，底部开通多扇门，实现空气流通，整个中心被称为"会呼吸的建筑"。

广州开发区的美丽，当然不仅在中新广州知识城，这里的地貌是多样化的，北有青山连绵，南有珠江黄金岸线，森林覆盖率接近40%，是华南地区首个国家生态工业示范园区。绿色是开发区的主色调，驾着车沿着创新大道从南往北行，一幅鸟语花香的生态画卷便在眼前徐徐展开。

"春有满山禾雀，夏有千年古荔，秋有金黄稻浪，冬有十里香雪。"在这里，四季都有让人流连忘返的迷人风景。

近年来，广州开发区深入实施"青山入城""碧水织城"及"千里路网"行动，将青山、碧水、美园串珠成链、联网成片，让城市与绿色交织共生，建设有机生长、宜居宜业、和谐共生的全域公园城市。

事物凡细小皆可爱，我最喜欢的是迷你的口袋公园。

近年来，广州开发区立足林城相依、园城相融的城市绿色空间布局，以口袋公园的"小切口"，"针灸式"补充完善四级城乡公园的"大体系"。目前，建成特色鲜明的口袋公园76个，建成"连城森邻道"106公里。

广州开发区通过"口袋公园"的建设，对主干道、社区周边闲置绿地、边角空地等进行挖掘利用，在保留原有植被、充分融入周边绿色生态环境的基础上进行科学增绿、适地适绿，不断织密"推窗见绿""出门见园"城市绿色网络。

"见缝插绿""应绿尽绿"，越来越多的口袋公园镶嵌在闹市之中，在贯通城市空间结构、优化城市生态体系方面扮演着重要角色。呈斑块状散落或隐藏在城市结构中的口袋公园，"串珠成链"，连接起了城市绿色生态廊道。

通过对全区全域范围进行摸底调研，根据周边资源联通性、公共空间紧缺性、居民活动需要等原则科学筛选用于建设社区公园和口袋公园的地块，立足构建城市社区生命共同体，加快推进口袋公园建设。

每个口袋公园都有自己独特的美。它们大小不同，形态各异，小则几百平方米，大至数千平方米，它们与街景融为一体，却又通过一些细节元素点缀丰富着城市的风景。

口袋公园建设遵循"一地一策""一园一境"的设计建设原则，结合地块现状自然风貌和人文特征进行微提升、软提升，通过因地拓园、因景造景，最大限度做到"城园相融""文化入园"，打造了一批各具特色的口袋公园景观，成为城市新名片。

针对大树群落地块，采用以"建"促"保"的改造思路，在充分保护原址树木的前提下，适当补植地被和灌木，打造林下空间，将榕溪谷口袋公园打造成为以榕树为景观特色的主题口袋公园。

针对学校周边绿地，通过增设家长等候广场、稚趣游戏场、时光长廊、休闲坐凳、慢跑道等休闲设施，将其改建成符合中小学生性格特点及需求的功能性空间，打造安全有趣、友好便捷的"最美上学路"怡园小学北口袋公园。

针对医院旁绿地，因地制宜打造治愈性空间和医药科普园地。比如，荔红路南侧的萝岗中医院口袋公园以"'气'与'地'交融的疗愈花园"为主题将中草药文化融入口袋公园的每个角落。

"让街区实现一街一景、四季不断。我们以城市美学为引领提升城市绿化品质，让开发区成为充满诗情画意、释放人文艺术之美的绿意城市。"区住房和城乡建设局相关负责人说道。

普晖社区口袋公园的周围多为居民区，人口众多，为更好地满足社区居民需求，区绿园中心以"邻里大客厅，共创美好家园"为主题，对原有场地进行一番提升改造，通过建设运动跑道、林下棋牌、儿童游乐场地等特色空间，打造了功能多样、全龄友好的共享空间。

"我住在这附近好多年了，改造前环境没那么好，常常路过这里但是很少停留。"居民李姨表示，公园建好后，她经常会带孙子到公园遛弯，并且在这里也认识了一些老乡，逐渐形成社交圈。

广州开发区下足"绣花功夫"，不断拓展口袋公园空间形态和功能价值，推进公园绿地适老化、适儿化改造，引入社区文化，打造集观赏、休憩、游玩、健身等功能齐全的全龄友好空间，构筑人与自然、生活与生态和谐相融的幸福画卷。

为更好地发挥空间价值，满足群众多元生活场景需要，开发区在螺壳山西口袋公园、永顺大道口袋公园、暹岗口袋公园等，通过建设篮球场、乒乓球场、园林缓跑径、健身步道、健身广场等方式，将口袋公园打造成为居民运动健身、放松身心的新载体、新场景，引领绿色生活新风尚。

既是室外"会客厅"，又是儿童"游乐园"。广州开发区在鱼珠智谷口袋公园等多个口袋公园，通过增加儿童游乐设施设备，提升儿童游园体验，打造群众"家门口"的高品质儿童乐园。

小而美的口袋公园，不仅提升了城市颜值，也洋溢着居民满满的幸福感。

同时，围绕人民群众的核心需求，开发区还推进"公园+"建设，培育"公园+户外""公园+体育""公园+文化"等新场景，开放辖区内15个公园草坪共享区域，推进"13+3"体育设施建设行动，加快公园无边界整体设计，让更多城市绿色空间"可进入、可参与、可互动"，营造生活、生产、生态交织共融的公园城市格局。

2023年12月，开发区印发《推动全域公园城市建设工作行动方案》，提出"九大特色行动计划"，包括1个百（百个公园打造）、3个千（千里路网建设、千棵古树保护、千年文脉保护）、5个城（青山入城、碧水织城、园业融城、智慧兴城、安全筑城），积极探索山水人城和谐相融的新实践，打造公园城市典范标杆。

"科城锦绣"，是广州开发区全域公园城市建设的亮点工程。项目通过六座各具特点的人行桥（彩韵桥、腾翔桥、揽月桥、彩虹桥、映日桥、凝彩桥）串联狮子岭、环山岭、牛角岭、尖峰岭、边岗岭、体育公园、玉树公园共七个公园和科学、绿轴两个广场，形成科学城的"生态绿心"，是一条集游玩、购物、休闲、空中漫步、骑行于一体的环形观光走廊。下一步，开发区计划对"科城锦绣"进一步优化提升，通过完善片区公园的配套设施，以点带面，形成科城锦绣片区公园体系，同时修复片区内公园绿地生态系统，包括区域内树木复壮、植被生态修复等工作，构建生态友好型公园体系，让"科城锦绣"成为开发区全域公园城市建设的名片工程。

此外，还对广汕路连接天河片区，广汕路连接增城片区，长岭街片区，天鹿湖周边，黄登、黄麻、贤江等社区，油麻山片区，迳下村，暹岗旧村，长洲岛军校片区，华峰寺周边等10个重点片区进一步优化提升，持续打造"美丽家园"。

在城市变美的同时，乡村也在发生美丽的蝶变，迳下就是生动的样板。

以前，迳下是广州市有名的贫困村，环境很差，知识城下属的科文教公司员工黄丽华在接受媒体采访时表示："道路坑洼不平，开车进村的第一个月就补了四次胎。"

如今，黛瓦白墙，道路整洁，精心打造的14座跌水鱼塘，搭配水车小景，漱流潺潺，鱼戏浅底，竹影扶疏，鸟语虫鸣，一派自然生机。分季节、规模化种植稻田、花海，形成"秋夏稻谷双丰闻稻香，冬去春来花开逛花海"的网红打卡点，吸引众多游客游赏观光。

2023年，开发区高质量实施"一街一主业+N"产城融合行动，加快推进北部战略性新兴产业、中部科技创新企业、南部高端农业科技等区域布局，深入挖掘"一村一特色"，大力推动科技、人才、资金等产业要素流动，将产业链条延伸到镇街、村社，推动镇街之间产业化聚焦、专业化发展、差异化竞争，实现城乡高质量融合。

从油麻山上远眺，可以看到两个轮胎形状的建筑，一卧一立，一动一静，很像一个前卫的艺术装置，这其实是航空轮胎大科学与周边乡村的"融合互动"。开发区依托科技创新平台优势，推动科技下乡入村，探索科技与乡村产业融合发展新路径新模式，发挥隆平院士港隆平试验田等高端农业科技支撑作用，推动种业振兴，带动现代农业产业发展等。

纳米小镇迳下村则依托优良山水自然生态、红色文化和现代农业产业发展等资源优势，打造了迳下村特色精品村，建设长达10公里的纳米水乡新乡村示范带，成为人居环境宜居的美丽乡村，吸引了大量游客前来游玩。

开发区将深入推进大吉沙人居环境提升搬迁安置项目，严格河道水域岸线空间管控，统筹推进620公里绿道、80公里"连城森邻道"、19.1公里碧道建设，不断夯实全域公园城市示范区生态基础。

水清城市兴。以水为载体、以碧道为契机，广州开发区将城市人民的生活圈与滨水生态空间有效串联，真正贯彻人与自然和谐共生的发展理念。

南岗河发源于长岭街长平村白木坳，自北向南流经科学城，最后汇入东江北干流，全长25.53公里，流域面积111.3平方公里。南岗河以50里水路，串起长岭、萝岗、云埔和南岗，是黄埔人民的母亲河。

近年来，广州开发区坚持广州市低成本、可持续的低碳生态治水之路，对南岗河全流域进行治理。坚持治水先"治人"的思路，推行"四洗"清源行动、铁腕拆除违建等岸上污染源，"建厂子、埋管子、进院子",开展排水单元达标和雨污分流整治,利用"绣花"功夫深入开展源头治理;创新提出生态修复"三板斧"——降水位、少清淤、不搞人工化的思路,通过维持低水位运行的低碳治理模式,实现河湖长治久清和生态复苏。2021年南岗河水质达到Ⅲ类,恢复了"水清岸绿,鱼翔浅底"的景象。

2022年4月,水利部决定在广东等7个河湖长制工作获国务院督查激励的省(直辖市)开展幸福河湖建设,经过广东省水利厅组织竞争立项遴选,水利部审查通过,南岗河作为广东省唯一项目入选水利部首批幸福河湖建设项目。

南岗河幸福河湖建设项目围绕保安全、重畅通、复生态、提景观、传文脉、促更新等策略,将南岗河打造成具有安澜通道、生态廊道、休闲漫道、文化长廊、活力滨水经济带等综合功能的高品质滨水空间,包括33项工作任务,其中工程建设项目有14项,是一个复杂综合的系统工程。

科技赋能是幸福河湖建设的有力支撑。作为南岗河幸福河湖建设的"高参",珠江水利委员会水利科学研究院(简称珠科院)在其中发挥了积极作用。据该院副院长介绍,这是珠科院继全国首批示范河湖、全国首批水系连通及水美乡村之后,打造的又一河湖建设样板。该院充分发挥流域科研机构的技术优势,成立专家智囊团、技术专题组,为南岗河幸福河湖建设提供全过程技术支撑。利用自有实验室,开展流域生态调查监测,构建生态本底数据库;遵循流域系统治理理念,挖掘流域水网连通可行性,多流域互补互济,保障南岗河生态流量;利用数字赋能、遥感监管等打造大湾区首个数字孪生小流域，为实现流域上中下游协同防御提供管理手段。实现多角度、多维度、多手段地科学支撑南岗河幸福河湖建设。

以前南岗河上设置了一些固定堰，用以维持一定的景观水位，但是无法进行调节，景观水位和防洪排涝的要求难以同时兼顾。堰提升项目实施后，将改成可以自动开启的电动闸，可以根据不同的需求实现水位的调节。同时，南岗河还建设基于数字孪生技术的防洪排涝"四预"调度平台，实现库、闸、泵信息化、智能化决策调度，增强极端暴雨上中下游协同防御水平，进一步筑牢水安全防线。

南岗河流域是广州开发区行政、科技、教育资源最集中的片区，也是最具创新活力的区域，是人才聚集地。蓝绿灰协同，融合好水产城共治，构建岭南特色滨水空间，也是幸福河湖建设的重要任务之一。

南岗河文教园区周边学校林立，仅有罗平路一条市政通道，缺乏独立的市政慢行系统，无法满足学生通勤的要求。幸福河湖建设过程中，将碧道慢行系统和市政人行道等市政设施统筹考虑，利用河边栈道开辟出一条安全独立的通道，解决了学生们上学通勤的安全问题。每逢节假日，文教园区湿地公园吸引大量群众到河边休闲娱乐，读书、健身、戏水、观鸟、露营，呈现出游人如织、生机盎然的景象，成为最具人文气息的滨水生态休闲空间。

在南岗河河口左岸，有一座龙舟文化公园，占地面积近10万平方米，这里河面宽阔，不仅绿树成荫、空气清新，社区居民还可以在龙舟文化中心观赏龙舟雕塑，领略南岗传承六七百年的龙舟文化。这里曾经是货柜场，是物流仓储、废品回收等行业的集中地，环境很差，结合旧村改造建成了河滨公园，深受附近群众的欢迎。作为南岗河幸福河湖建设任务之一，龙舟文化公园二期工程已经开工，公园将进一步注重功能性和实用性，增设龙舟阁、驿站、运动场等体育设施，并利用南岗河开展龙舟、皮划艇等水上运动。

发生蝶变的还有乌涌。

乌涌发源于水口水库，流经广州科学城、黄埔老城区至黄埔港汇入珠江黄埔航道，干流全长22.66公里，河涌宽度约10~40米，集水面积64.5平方公里。乌涌曾是广州被列入全国城市黑臭水体整治监管平台的35条河涌之一。开发区按照"防洪提标、控源截污、生态恢复"的思路，对乌涌进行全流域治理并开展了碧道建设。治理后，乌涌消除了黑臭，达到"长治久清"，并且入选广州市"水清岸绿、鱼翔浅底"示范河涌、2021年"广东省十大美丽河湖优秀案例"、全国美丽河湖优秀案例。

通过系统治理，乌涌流域的污水收集系统全面完善，污染物排放得到有效控制，河涌水质实现根本性好转。结合碧道建设对河涌生态进行修复，河道开阔畅通，水流清澈、两岸碧道蜿蜒，水生植被覆盖率适宜，实现了"水清岸绿、鱼翔浅底"。治理后的乌涌，往日的黑臭水体一去不复返，已成为周边社区居民散步、休闲观光的好去处，周边居民的生活幸福感、满足感大幅提升。

同样，金坑河经过整治建设后，环境有了很大改善，水更清、地更绿、自然风光更优美，依河而建的碧道，成为市民群众游玩和骑行的一大胜地。新龙镇金坑村的邓卫香说："2019年以前，每到下'龙舟雨'的季节，我就会特别紧张。我家住在金坑河边，只要一下'龙舟雨'，金坑河里的水就会涨得很高，沿岸的农田、村道都会被水淹。2019年，新龙镇成立。送给村民的第一个'幸福大礼'，就是整治金坑河。河床挖深了，河面拓宽了……我们从此告别了一下雨就会被水淹的窘境。"

广州视源电子科技股份有限公司副总裁感慨道，到开发区十年之久，开发区日新月异经常让他眼前一亮。"很多老百姓对GDP等经济数字其实不敏感，反而是身边绿水青山的美好环境他们更为关注。绿水青山就是金山银山，好的生态环境可以吸引企业和人才更好地投身到经济建设中去。"

作为广州市首个国家生态文明建设示范区，这里有抬头可见的蓝天、蜿蜒而行的城市绿道、碧波荡漾的美丽河涌、鸟语花香的"口袋公园"——在这里，每一处都是风景，每一步都是惬意。

3. 天地之大　黎元为本

产随人聚，城因人兴。

人是城市的根基，人口萎缩，城市肯定萎缩；人口增长，城市必定兴旺。尤其是年轻人，他们代表着朝气蓬勃，代表着希望与未来，也代表着一座城市的活力。广州开发区对城市青年人口吸引力排名居全国前列，引进高层次人才总数位居全市第一。

一份数据显示，2020年广州市净增50万人口，其中三分之一流入广州开发区，而且大多是高学历、高素质、高品位的年轻人，成为建设开发区的中坚力量。这说明，这里的磁吸效应十分明显。

天地之大，黎元为本。之所以有这么多的年轻人选择广州开发区，除了可以在这里开创一片事业新天地外，还能享受"幼有所教、病有所医、住有所居"的幸福生活。

要留住人才先得留住人才的娃，让孩子享受"近而优"的教育服务，是家长们的共同期待。

教育方面，广州开发区针对不同类型人群打造分类教育体系，提供近而优的教育资源，既有服务外籍人士子女的爱莎国际学校，也有衔接国际教育体系的新侨学校，还有面向港澳同胞的中黄外国语港澳子弟学校。近年来先后引进了华师附中、北师大、湖师大等优质教育资源合作办学，成立14个教育集团，构建了北、中、南片区分别有省市属高中及区属龙头校"双驱动"的发展格局。此外，广州开发区还先后打造了"基础教育课程改革实验区""黄埔数字与智能化教育装备创新与应用项目""中外人文交流广州（黄埔）教育创新区""全国中小学科学教育实验区"等国家级平台，以创新平台"四手联弹"协同带动教育系统整体变革重构、蝶变升级。

自2019年以来，开发区新增公办学位超过4.5万个（不含幼儿园），小学平均增长10.5%，初中平均增长9.4%。提供积分入学，公办学位连年居全市前列，先后引进北京师范大学、华南师范大学、广东外语外贸大学等优质教育资源合作办学，龙头校、新建优质学校协同带动，优质覆盖局面初步形成；实施"引""培"双驱，引进基础教育高层次骨干人才，全区各级名校（园）长、名教师、名班主任工作室主持人137名，特级教师35人，正高级教师52人，高级教师1152人，居全市前列；积极构建积分入学、企业入学指标等多元途径，百分之百为来穗人员子女安排公办学位。

中新广州知识城引入的新加坡优质教育资源，即新加坡南洋华侨中学校群在其境外合办的第一所学校——广州新侨学校。该校已于2022年开学并入选教育国际化窗口学校培育创建单位，致力于为粤港澳大湾区的学生提供世界领先的国际化教育服务，打造新加坡与中国广东两地基础教育合作新标杆。

同时，广州开发区还优化教育资源顶层设计，修订完善"教育10条"，在全市率先开展新机制教师改革。大力引进国企、事业单位、高校参与开办公办幼儿园55所，占全区公办幼儿园62.5%。

教育好不好，百姓说了算。十年前，不少老百姓以把孩子送出开发区读书为荣，如今开发区优质学位一位难求，这是老百姓实实在在的认同。

医疗方面，区内有中山三院等国内顶尖综合三甲医院，一大批高水平医疗设施正在加速集聚。其中，中山三院岭南医院是全国第一个交钥匙的工程。

近年来，广州开发区的优质医疗资源得到了均衡布局。全区已集聚中山医系、广医系、省医、省第二中医院等多家代表国内一流水平的三级医院。

目前有三级医院10家、二级医院7家、一级及未定级医院14家，跟2017年相比，增加三级医院6家、专科医院5家；同时还引进了妇幼、眼科、肿瘤、康复等专科医院。

广州开发区医院完成省级卒中中心建设，脑卒中临床救治效率得到提升，临床路径得到持续推进，病区优质护理覆盖率为100%，专科护理人才培养进一步加强，基本药物制度进一步巩固，惠及辖区居民。

基层医疗卫生机构则开展"一中心一品牌一特色"项目创建活动，涌现了一批特色明显，具有全国、省、市影响力的品牌项目。通过学科建设、专家下沉等措施，有效提升医疗服务能力。

全区17间街道社区卫生服务中心（镇卫生院）中有15间已达国家"优质服务基层行"推荐标准，建成6间广东省"社区医院"。2023年，全区基层医疗卫生机构诊疗量424.22万人次，同比增长39.85%，增速全市第二，基层诊疗量占比达59.22%，全市第一。2023年底全区总诊疗量976.44万人次，其中医院总诊疗量539.07万人次。

特别值得一提的是广州开发区还设立了内地首家港澳居民（广州）健康服务中心，中心设在广州开发区医院，位于穗港智造合作区，毗邻穗港码头。大湾区医疗集团联席行政总裁表示："开发区内有数百家港资背景的企业，中心的建设将有利于港澳居民在穗港智造合作区安居乐业，有利于本地居民享受更丰富和优质的医疗服务。"

该中心创新粤港两地医护协作服务模式，如可安排香港医生远程会诊。同时，实现港式全科和院内专科的联动，患者可先看全科医生再转诊看专科医生。就诊者如有国际保险或者香港商业保险，就可直接通过保险付费，不用掏钱结算。中心将与广州开发区医院共建"港药服务中心"，将香港药物引入内地，提供港医港药一体化的一站式就医体验。

在穗养老的香港长者黄伯是中心的第一位体验者。患有糖尿病的黄伯这天一早就抵达中心。他表示："这里医生检查得非常细致，而且医生讲的也是粤语，对于香港的药物和医疗体系很熟悉，沟通起来毫无障碍。医生有问必答，很有耐心。"

全区已培育40名取得英国皇家全科医师学院（RCGP）认证的金牌全科医生和护士，在区内各基层医疗机构建成10间港式家庭医生工作室，与港澳居民健康服务中心共同组成港式医疗服务网络，为港澳居民、外籍人士和本地居民提供国际标准、优质可及的医疗服务。

广州开发区深入探索医养结合多元化发展模式，促进医疗卫生资源与养老服务衔接，持续提升医疗机构为老年人服务能力，全面拓展规范化、精细化的社区老年健康医养结合服务。2023年成功获评国家首批"全国医养结合示范区"，近三年先后成功创建3个"全国示范性老年友好型社区"、2个"广东省医养结合示范机构"。目前，已初步形成多层面、多形式、立体化的医养结合服务体系。全区13家医养结合机构，可为群众提供充足的、多元化的医养结合床位。区内高端医养结合机构有泰康粤园，公办机构有全市体量最大的广州市第二老人院和黄埔区老人院，以及公建民营的萝岗福利院，为全市老年人提供近4600个优质的普惠养老床位。

红山街社区卫生服务中心十年磨一剑，社区居家养老健康服务工作被国家卫生健康委办公厅评为"全国医养结合经典经验"。岭南养生谷打造的"医养教融合"康养服务模式，于2021年获评广东省第一批医养结合示范机构。萝岗福利院以公建民营形式打造新型闭环式医养服务，被评为广东省五星级养老机构。泰康粤园医院、红山街社区卫生服务中心入选国家第二批老龄健康医养结合远程协同服务试点机构。此外，全区着力加强区、街、社区三级公共卫生委员会建设，构建三级公共卫生委员会工作体系，发挥街道、社区作用，为老年人提供优质到位的康养服务。

广州开发区历史文化积淀深厚。南海神庙前的"海不扬波"牌坊诉说着千年海上丝路的传奇；百年黄埔军校记录了历史的沧桑与荣光；幸福里、融德里、莲塘古村，经过修缮保护，蝶变成集生态自然风貌、历史文化建筑、优质生活环境、丰富经营业态于一体的历史文化空间。

这里在公共文化建设方面一直在创新，与其他地区社会力量参与不同的是，广州开发区将公共文化服务延伸到了基层的每个角落，搭建了好的平台，为社会力量的参与提供发展机遇和空间，实现了双赢。

开发区扎实推进"图书馆之城"建设，在完成图书馆街镇全覆盖的基础上，全国首创"政府资源补给+企业自主运营+社会力量参与"总分馆制建设模式，发布了广州市首个"图书馆之城"品牌——"埔书房"，标志着开发区通过引入社会力量参与公共文化建设迈入新阶段。

目前，全区的文化产业园区承载面积已超50万平方米，文化产业园区总量已达9家（国家级1家、市级5家、区级3家）；截至目前，全区共建成各类图书馆、文化馆分馆（服务点）124个。其中图书馆（服务点）90个、文化馆（服务点）34个、与社会力量共建分馆（服务点）64个，达到了每7000人拥有一个图书馆的全国领先标准；文化精品迭出，大型舞剧《到那时》，大型舞蹈诗《黄埔长歌》，小品《火》《波罗粽香》《狮舞吉祥》，讲述黄埔"十古"宣传片《"嗨皮"十古说黄埔》等原创文艺作品皆荣获各类奖项。

近年来，广州开发区在全市各区中率先完成区级及以下368处不可移动文物保护管理使用协议书签订，签订率100%；率先完成

78处区级文物保护单位保护范围和建设控制地带的划定并公布实施。同时，还推动了辛亥革命纪念馆、黄埔军校旧址纪念馆成功移交区政府管理，通过加大投入，不断优化基础设施建设和提升开放服务水平，两馆于2024年5月晋升为国家一级博物馆，成为广东省内首家区属一级博物馆，进一步促进了长洲岛文物资源的整体活化利用。

文冲街道依托"向日葵亲子小屋"阵地资源，通过积分奖励机制，引导社区各类资源共同参与共享育娃模式，依托信息化支撑为社区有需求的家庭提供精细化服务，满足社区家庭短期照看、长期托管等多样需求，打造开放共享的邻里互助育娃生态，丰富了优生优育的公共服务供给。文冲新村社区依托"向日葵"亲子小屋打造优质"家门口托育"服务模式被中国计生协会发文推广。目前，已组织开展亲子活动12场、家长课堂16场、公益早教活动2期14场，累计服务家长及婴幼儿2587人次，同时接待来访230场次，服务群众3077人次。

开发区积极引入品牌商业综合体，点燃了市民的消费热情。2023年7月15日正式开业的广州黄埔大悦汇项目，引进了金声金逸电影院、广州酒家、觅书店等多个老字号、老品牌，汇聚盒马鲜生等黄埔首店33家，月均客流量达约100万人次。

高端酒店也持续落子。区国企广开控股下属子公司凯得运营与君澜酒店集团推出高端酒店管理品牌"云澜"。首批"云澜"品牌项目，分别落子科学城广州金融科技中心、知识城广州国际创新驱动中心。此外，知识城智荟塔项目引入新加坡高端品牌悦榕庄酒店……这些功能配套又助推了商圈的发展。

"Young城Yeah市"消费品牌也越擦越亮。夜食、夜购、夜娱……多元化的夜间消费体验，丰富的夜间消费内容和场景创新，让街坊的生活更加丰富多彩。

开发区还积极开展积分兑换机制，在激发志愿者服务、消费热情的同时，为各类商家带来流量。以文冲街道为例，全街统一制定志愿服务积分兑换制度，联系了38家不同形态的睦邻爱心店，涵盖便利店、餐饮店、美容店等，签订街道爱心商家共建协议书，志愿者可以凭借积分兑换物资、服务、折扣，参加优秀志愿者评选等。2024年服务志愿者千余次。

广东有句俗话，叫"平安当大赚"。平安是市民的核心需求。

广州开发区强化基层治理，大力推动社会治理重心向基层下移，聚焦基层党建、城市管理、公共服务等领域，提出了多项具有鲜明特色的"治病良方"。2020年9月，率先发布"黄埔平安指数"，以大数据、智能化为依托，通过构建科学的、可量化的、体系化的社会治理评价标准，及时掌握风险发生的时间、地点、特性，客观、可视化地展示区内各镇街、各重点社区平安状况，社会治理达到社会化、法治化、智能化、专业化水平。案件类警情、刑事立案逐年下降，群众安全感不断提升。

文冲街道创新综治、信访、维稳、调解工作，提档升级文冲街综治中心，打造集前台化解矛盾的工作场所、后台研判预警的平安中枢、横向统筹协调的组织架构、纵向指挥调度的综合平台于一体的综治中心，成功打造"我爱我家"信访工作法，获国家信访局认可，获评广东省"1+6+N"基层社会治理工作体系建设先进典型、广州市一级综治中心，"瑞东好邻里"获评广东省基层党建优秀创新案例，获中央政法委肯定。

民生无小事，枝叶总关情。2023年2月，夏港街道丽江社区全面打造"微网格"治理工作体系，在3个专职网格的基础上，再织密10个"微网格"，以党员、网格员、医务人员、警务人员、群众监督员"五员一格"的工作模式，实现畅听民忧无死角，服务群众全覆盖。其中，丽江社区微网格员联合华恩医院志愿医疗服务队，为辖内困难群众开展健康服务，密切关注社区老人健康情况。社区工作人员通过开展常态化入户探访等活动，及时掌握服务对象的生活、身体、心理等情况，然后将群众一个个急难愁盼的问题变成一个个"满意清单"。每一个"满意清单"背后，都是工作人员默默的付出和无私的奉献。

关爱弱者，是衡量城市文明的标志；爱的传递，永远是一座城市里最美的风景。在广州开发区，有一个温暖的小店，深深打动了我。

在文冲街道，有一家小店，叫洋城特惠店，这里的店员都是残障人士，在这里他们学沟通，学劳动，学习融入社会。截至目前，共有27位残障人士从洋城特惠店顺利结业，走上工作岗位，迈进新的生活。

花花（化名）是第一批来到洋城特惠店的实习店员之一。由于患有轻度行走障碍，花花在小学时经常被嘲笑，之后，她便辍学在家。洋城特惠店开业，在社区的推荐下，花花来到了这里，正式开启实习之旅。

花花最担心的是算错钱，不过，她的担心是多余的，即使算错了钱，街坊们都会主动提醒，并把多找的钱退回去。

"有一次，一位家住荔湾区的阿姨来店里买东西，第二天才发现店员多找了钱，给朋友打电话了解到这家小店是残障人士运营的，又特地坐地铁回来，把多找的钱还了回来。"

虽然店里的商品其他地方都能买到，但街坊们还是非常乐意在店里购物。这是因为他们知道这家店铺存在的意义，愿意用实际行动鼓励这群特殊的小伙伴。

一家小小的店，让我感受到人与人之间的关爱，感受到广州开发区的温度。

4. 擘画宏伟蓝图

所有的现在，都包孕着过去，也启迪着未来。

广州开发区，是一个可以读懂中国的地方。

从一片荒无人烟的滩涂到熠熠生辉的"湾顶明珠"，在这里，我看见改革开放的沧桑巨变，同时也看到了中国式现代化的锦绣未来。

未来，广州开发区着力推动高质量发展，在转方式、调结构、提质量、增效益上积极进取，扎实落实省委"1310"具体部署和市委"1312"思路举措，加快把"三城一岛"建设成为广州产业发展的增长极,努力在广州加快实现老城市新活力、"四个出新出彩"中走前列当尖兵。

构建"一岸双轴三片"新型空间

"一岸",即推动广州第二中央商务区(黄埔片区)建设,加速建设珠江东十公里"黄金岸线",加强岸线和腹地、空间和配套、景观和功能"三统筹",打造国际滨水带、贸易新走廊、黄埔会客厅,实现港、城、岸、岛一体化发展。

以广州人工智能与数字经济试验区(鱼珠片区)为引擎,向西深度联动广州主城核心区,牵引城市功能沿岸东进。推动鱼珠、黄埔老港一带连片改造,加快总部经济、高端航运、邮轮旅游等产业布局,促进岸线腹地城市更新和功能置换。

以黄埔综合保税区、穗港智造合作区为牵引,大力发展高附加值临港工业和生产性服务业,形成区港联动临港产业经济带。

"双轴",即以创新大道为科技创新轴,串联知识城、长岭居、科学城、长洲岛和生物岛,发挥知识城知识经济、长岭居创新生态、科学城技术创新、长洲岛农业科技、生物岛生物医药集群优势,建设创新引领型、知识密集型和产业领军型的综合性产业组团。

以开放大道—开发大道为产业创新轴,串联知识城、翟洞、永和、云埔、西区等,加强知识城片区战略性新兴产业与商业商务功能布局,推动永和、云埔、西区等组团制造业转型升级,引导产业链协同发展,加速创新链补齐补强,推动价值链高端跃升。加快西区—麻涌、西区—化龙过江隧道建设，推动"两江三岸"互联互通。

"三片"，即北部片区以中新广州知识城建设国家级双边合作项目为牵引，创建广州发展新中心，与澳门共建穗澳合作示范园，打造知识创造新高地、国际人才自由港、湾区创新策源地、开放合作示范区，辐射带动周边区域，融入广州主城"30分钟交通圈"和"30分钟生活圈"。

中部片区以广州科学城扩容提质为契机，全面融入广州主城，向东辐射珠江东岸地区的带状枢纽，成为广州科技和产业创新支撑带。

南部片区以黄金岸线为纽带，链接生物岛、长洲岛、黄埔港和西区，构建产业互融、游憩互通、景致互映的滨江商务服务链与新城市客厅。

科技全链条融通创新

高标准建设张江实验室广州基地、粤港澳大湾区国家技术创新中心、国家新型显示技术创新中心、慧眼大设施工程预研等项目，打造粤港澳大湾区乃至全国科技创新体系的"黄埔军校"。

加快推动广东省大湾区中医药科技创新联合研究院、中国科学院空天信息粤港澳大湾区研究院、中国科学院自动化研究所广州人工智能与先进计算研究院等一批高水平研究机构建设，力争早日落地运营。

高标准建设国际人才自由港，打造人才流动、创新、服务综合改革先行区；探索"科学家+企业家"发展模式，开展培育科学企业家计划，同时，将技术转移服务人才纳入科技人才（团队）引进范畴，鼓励科研人员转型成为技术经理人。

数字经济引领创新型产业集聚

重点推进新一代信息技术、生物技术、新材料、新能源、高端智能装备制造等战略性新兴产业发展，推动形成新的增长点。做大做强集成电路产业，集聚世界顶尖生物医药资源要素，强化医药、医械、医疗、医学联动。

推动生产性服务业向专业化和价值链高端延伸。以科学城核心区、鱼珠、知识城环九龙湖为主要载体，建设综合型生产性服务业集聚区，打造高能级总部经济。

加速推进广州人工智能与数字经济试验区（鱼珠片区）规划建设，推动知识城新一代通信网络国际数字枢纽建设，加快科学城工业互联网关联基础设施建设，打造生物岛生物安全智慧岛，打造国家级信创产业基地。

全面激发发展活力，中小企业办大事

探索将企业投资项目所涉及的行政许可、公共服务、行政确认等事项划转至一个部门实施。试行综合性许可改革。

对标世界银行和国家营商环境评价指标体系，借鉴新加坡先进经验，深化商事登记"跨境通"服务。探索港澳工程建设管理模式，争取粤港澳三地职业资格互认试点。

对标海南自由贸易港规则体系，探索对接国际高标准投资贸易规则，高标准建立具有黄埔特色的投资贸易自由化便利化体制机制。力争将知识城纳入国家自贸试验区范围，探索自贸试验区、自主创新示范区政策叠加。全面复制推广自贸区试点经验，在共建产业平台、共筹资源要素领域做出示范。

优化提升民营科技型中小企业金融创新服务超市，破解民营企业特别是小微企业融资难、融资贵问题，落实减税降费优惠政策。

加大民生配套投入，构建区域综合交通枢纽

实施"建名校、引名师"工程，推动国际化、集团化办学，建设一批义务教育优质学校，打造从幼儿园到高中的特色教育品牌；推进中小学教师队伍"区管校聘"管理改革。

建设多层次综合性医疗设施、特色专科医院、一流临床重点专科。推动实现社区养老服务设施覆盖率、医养结合服务覆盖率100%，形成15分钟社区居家养老服务圈。

推动"高铁城际入区"，争取穗莞深城际在区内设站，配合做好广深第二高铁、广河高铁、广汕高铁、广中珠澳高铁等线路建设前期工作；争取地铁6号线三期列入市轨道交通建设计划，积极推动"知识城—广州东站""知识城—南沙""黄埔高铁站—白云机场"等高速轨道建设前期工作；加快有轨电车2、3、5、9号线和1号线东延线建设，推进有轨电车、公交、地铁、城际无缝接驳。

规划布局5G、物联网、量子通信、工业互联网、数据中心等信息基础设施，率先实现5G商用网络全覆盖，打造面向5G技术的物联网和智慧城市示范区。

城市更新，乡村振兴

持续深化实施"快批快拆快建"机制，加大政策创新供给力度，优化升级"1+20+N"政策体系；探索集体留用地开发利用模式，推动零散土地连片规划、连片开发，争取试点实施城市更新项目行政司法保障，加快探索旧村改造房屋补偿行政裁决、司法裁判新途径。

加速推动城乡融合发展，以新龙镇省级城乡融合发展试点，创建一批城乡融合发展典型项目和主题村落；依托隆平院士港和隆平国际现代农业公园，探索都市型休闲农业发展模式，打造集生产科研、科普展示、观光休闲于一体的乡村振兴示范项目。

双区建设，双区联动

全面融入"一核一带一区"。紧抓"双区"建设、"双城"联动机遇，打造广深港、广珠澳科技创新走廊的核中之芯。推动与深圳高新区合作共建世界一流高科技园区，与南沙科学城协同打造广州科技创新双引擎，与宝安区打造先进制造业协同发展先行先试地，与光明区打造生命科学成果协同转化新高地，与前海蛇口自贸片区共建自贸试验区改革创新协同发展示范地，与东莞水乡共建大湾区深度合作先导区。

高水平推进广清经济特别合作区"一区三园"建设，探索

"广州总部+清远基地、广州前端+清远后台、广州研发+清远制造、广州孵化+清远产业化"产业协同发展新模式,形成可复制可推广的"广清经验"。

绿色低碳循环发展

落实能源消费总量和强度"双控"目标,强化温室气体排放控制,推动碳排放率先达峰,力争率先实现碳中和。

加大投入改善大气、水体环境质量,实施扬尘污染精细化管控,加强氮氧化物、细颗粒、臭氧、挥发性有机物及有毒气体多污染物的协同控制;建立较完善的水环境污染防治体系,实施河湖水系综合整治,加强重要湖泊湿地生态保护治理,巩固黑臭水体治理成果,推进18条河涌"长治久清"。

五治同创,阳光村居

做优做强"令行禁止、有呼必应"综合指挥调度平台,全面推开"五治同创,阳光村居"治理创新,健全区、镇(街)、村(居)三级协同解决问题机制。

完善社会矛盾纠纷多元预防调处化解综合机制,建设区社会治理综合服务中心(社会矛盾纠纷调处化解中心),完善群众信访事项"急事急办、简事快办、繁事精办、难事认真办"的工作机制,完善区、街镇、社区三级中心配套建设。

不忘来时路,奋进新征程。

每当夜幕降临，我看到开发区的万家灯火，内心总是百感交集，耳边总会响起四十年前西区工地上铿锵有力的打桩声，看到旭日街上那群意气风发的年轻人，看到谈判桌前一个个忙碌的身影……

四十年，对于历史的长河而言，不过是弹指一瞬，对于开发区人来说，却是14 600个奋斗的日日夜夜。在本书创作期间，我采访了许多曾经在开发区工作的老领导。只要一提到开发区，他们眼睛里立刻光芒闪烁，因为那里有他们的梦想、他们的青春、他们的热血。如今，他们已经老去，可是他们的精神，却永远流淌在这片土地上，成为开发区取之不尽、用之不竭的精神源泉。

法国著名学者佩雷菲特有过一个著名的论断："精神创造经济奇迹。"他认为，一种充满活力和创新的精神，在创造经济奇迹方面，比资本、劳动、技术、制度所有这些因素，都起着更为本质的作用。如果具备这种精神，在各种条件下都可以创造经济奇迹；否则，哪怕其他的要素都具备，也只能是一个欠发达的社会。

四十年前，思想的闪电照亮了这片处女地，广州开发区成为全国改革开放的重要窗口和试验田，开发区人不负众望，以杀出一条血路的信心与干劲儿，出色地完成了时代赋予的光荣使命。

对于广州开发区的历史地位，一位在开发区长期工作的老领导做了精辟的总结，他说："她是20世纪80年代改革开放风起云涌持续至今思想解放的试验场；她是外来文明漂洋过海登陆5000年神秘东方古国的泊位；她是中国经济高速增长并不断转型升级的发动机;她是每时每刻都有创新的种子萌芽破土跳过死亡谷发展壮大的生机勃勃的森林。"

风雨兼程四十年,激流勇进著华章。

回顾广州开发区四十年的奋斗历程,最珍贵的就是"艰苦创业、敢闯敢试、敢为人先、追求卓越"的开发区精神,四十年来,开发区人正是靠着闯的精神、创的劲头、干的作风,以必胜的信念面对一切挑战,取得一个又一个胜利。

砥砺奋进四十年,风华正茂向未来。

四十年来,乘着改革开放的春风,开发区人领风气之先,向光而行,向阳而生,用汗水和智慧书写了了不起的传奇。追梦人永远在路上,在未来的日子里,开发区将永葆创业者的激情,踔厉奋发,笃行不怠,再创辉煌。

悠悠珠江,奔腾不息;滔滔南海,碧波荡漾。我衷心地期待在这片山海相连、通江达海的神奇土地上能诞生新的更大的传奇!为中国式现代化贡献更多的智慧和经验!